Fan
ファン文庫

どうぶつ寺のもふもふ事件簿

著　[illegible]

マイナビ出版

もくじ

第一話　幽体離脱、してしまいました……003

第二話　あったかご飯が目に染みる……091

第三話　実はモフ好きですが、それが？……169

第四話　最後の事件。元の体に戻っても、
私を見つけてくれますか？……219

第一話 幽体離脱、してしまいました

ごくりと息をのむ。

そこに横たわっているのは〝那美〟だった。無防備に目を閉じ、チューブで点滴や各種医療機器につながれている。

（何、これ）

那美《なみ》は見慣れないベッドを見下ろした。

何が起こったのか理解できない。恐怖のあまりか胸の鼓動が早鐘を打つように早い。

如月《きさらぎ》那美、三十一歳。

中堅の薬品メーカーに勤めるふつうの女子だ。

人に頼るのが下手な気張り屋気質。頼まれると「できません」とは言えず仕事を抱え込む反動か、気ままな自分時間が大好きで、独身・彼氏なし歴を更新中。仲の良かった学生時代の友人もそれぞれ忙しく、ＳＮＳでやりとりする程度となり、昨年は開き直って中古だがマンションを購入してしまった。悠々自適のお一人様暮らしを満喫している。

大人で堅実な仕事女子とのイメージを壊すので内緒だが、趣味は自室のＤＩＹ改造と、通勤の合間に可愛い猫や小鳥画像を撮ることだ。

そんな那美の体が、視線の先にある。

血の気のない顔に、乱れた髪。怪我でもしたのか額には大きなガーゼが貼られていて、トレードマークの眼鏡も行方不明だ。いかにも「ここは病院です」といった殺風景な部屋で力なくベッドに横たわり、眠っている。

そして意識を持った今の自分は、病室の天井辺りにぷかぷかと浮いていた。

宙に浮かんだ体は存在感も薄く、かざした手の向こうが透けている。

（……嘘、でしょ。これ、まるっきり幽霊なんだけど）

（ちょっと待って。まさか私、死んじゃった？）

心細さのあまり頭を抱える。幸い浮かんだ体は幻ではなく、触れることができた。手にはしっかり髪の感触もあって、引っ張られた頭皮も地味に痛い。

痛覚がある。そのことにほっとした。それにちゃんと服も着ている。

今朝、家を出た時と同じ幅広パンツに無難清楚なピンタックブラウス、アイボリーカラーのあったか上着を羽織っている。足にはフラットパンプス。ベッドに眠る自分と違って髪も乱れていない。眼鏡もバッグも装備した、馴染みの姿だ。

が、そういう問題ではない。

何なのか、この異常事態は。

（幽霊じゃないならどうして私、体から出てるの。いやいやいや、違う、大丈夫。体はちゃんとあるんだから、変なことになってるけど間に合うはず。魂が返品不可なんて法令はなかったはずだし、とにかく中に入れば元の私に戻れるはず）

こんなところで死んじゃうなんて嫌。

混乱のあまり支離滅裂なことを考えながら、那美は眼下の自分に手を伸ばした。何もない宙を蹴って、下降する。が、

（さわれない⁉）

思うとおりに移動はできた。が、透ける体は眠る那美の体を通り抜け、さらにはベッドの裏側から床の上まで出てしまう。

何度やっても同じだ。

体の中には戻れない。

今の那美がさわれるのは、幻のような宙に浮く自分の体だけで、あとはすり抜けてしまうらしいのだ。

しばらく茫然としてから、那美は額に手を当てた。

（ち、ちょっと落ち着こうか、自分）

おかれた状況を整理する。

ベッドの自分は呼吸をしている。着けた酸素マスクが呼気に合わせて規則的にくもっているからそうだろう。枕元で波線を描く、心電図や脳波を計測する機械も警戒音が出ていないし、正常っぽい。

そして何より、今、宙にぷかぷかと浮いた幽霊のような自分の体からは細い糸のような光が伸びていて、眠る体とつながっている。

お腹の真ん中、臍の辺りから伸びるこれは現実の器である肉体と魂をつなぐ、いわゆる〝魂の緒〟というものではないか。

（ということは、私、まだ死んでない。生きてる）

つまり、まさかとは思う。

思いたいが……。

「私、幽体離脱しちゃった……？」


時を遡《さかのぼ》ること十六時間前。

その日その朝、那美は寝起きのほわほわした頭で、駅のホームに立っていた。

休日明けの月曜日、会社に出勤する途中だったのだ。

季節は春、三月半ば。高架のホームから見下ろす桜の蕾はまだ硬い。受験シーズンも終わり、ちらほら学生たちが春休みに突入したようで、いつもより通学客が少ない構内はすいている。雀が二羽、枝にとまってつつきあいをしていた。

「あ、可愛い」

さっきより目が覚めて、那美は手にしたスマホをかざす。

カシャリ、と軽い撮影音がして、また新たな画像コレクションができた。

雀たちがいる桜の木の蕾は紅の色が濃く茶に近い色で、淡い桃色の満開の桜を想像するのは難しい。そんな中、仲良く枝にとまった二羽は友達同士か、互いに羽繕いしているのが微笑ましい。つい、くすくす笑ってしまう。

「動画で撮っとけばよかったかな」

言いつつ眠気覚ましも兼ねてもう一枚、画像を撮る。ピンボケだ。

また、ふふふ、と肩をふるわせて笑う。

那美が笑うと、眼鏡と地味でお堅い外観があいまって、不気味にほくそ笑んでいると知らない人からは引かれる。だが今なら見ている者はいない。これまた朝から幸せだ。

そんな人間関係が少し不器用気味の那美が朝のホームでも余裕で撮影して笑えるのは、ラッシュとは通勤時間帯がずれているからだ。

那美が勤める会社は大阪と神戸をつなぐ阪神間の、海沿いから山側へと上がったのどかな住宅街にある。なのでこの路線が通勤に使われる時刻はもっと早い。会社と同じ山側の住宅街に暮らす那美からすれば毎朝、電車に座って通えるのはかなりの贅沢だ。

ホームを歩きだすと駅前のパン屋さんからいい匂いが漂ってきた。バターの甘い香りに、金色の卵を思わせるカスタードの幸せな香り。

(今日のお昼はメロンパンと、カフェオレでもいいかも)

昨日は休みをいいことに〝趣味〟に没頭して夜更かしした。朝食は睡眠時間を確保するために抜いてきた。月曜は会社近くに焼き立てパンの移動屋台がくるからちょうどいい。キャラメル味の皮がパリパリでふんわり湯気がたつメロンパンに温かなカフェオレ。糖分の二乗になるが、その頃なら仕事でほどよく頭もつかれているはず。

頑張る自分にご褒美だ。

四時間後のランチを楽しみに、那美はスマホを手にしたまま改札口に向かう。

休日に遊ぶ相手がいなくとも那美は忙しい。節約の弁当作りを再開しないといけないし、部屋もまだ片付いていない。引っ越しの段ボール整理は終わったが、那美の趣味は自室のＤＩＹ改造だ。休日や帰宅後の自分時間はすべて大工仕事に費やしている。友人からはもっとお洒落や彼氏探しに時間を割けと突っ込まれるが、那美は幸せだ。

（だって、ずっと夢見てた自分だけの部屋だから）

住人は一人だけだから、どうアレンジしても誰も文句は言わない。キッチンの壁面には明るい飾りタイルを貼って、雑貨屋さんやアンティークショップを巡って自分好みのインテリア小物や食器をそろえて。

もちろん予算の問題もある。使えるのは自分の手だけだから大掛かりなこともできない。それでもやりたいことは山ほどある。

（ネットで古民家や昭和レトロなアパートをリノベーションするのを見て憧れてたんだよねー。落ち着いたらパントリーも充実させたい。手作りジャムとかピクルスの瓶詰がずらりと並んでるのなんか最高だし、ベランダで燻製も作ってみたい……！）

夢はいっぱい。

ローン計算をしまくってようやく手に入れた自分の城だ。

今が充実していて、残業代が出るのだと思えば人より長い勤務時間も苦にならない。

「今日も頑張って家のローンとＤＩＹ代、稼がなきゃ！」

さあ、出勤だ。

月曜の気怠い体にむち打って改札を出る。駅前のロータリーまで降りれば川沿いに建つ社屋へ向かうカンパニーバスが待っている。

（ふふ、人生、順調すぎて怖いくらい）

那美は満足顔で駅の外へ出た。

ロータリーへ降りる連絡橋の階段に足をかけつつ、手にしたスマホでニュースをチェックする。〈桜前線上昇中〉〈春の行楽予定は？〉といったのどかなタイトルに交じって、〈マンションから一人暮らしの女性飛び降り。自殺か？〉と物騒な記事がある。

「やだ。飛び降りってこれ、昨日、飾りタイル見に行った近くだよね。時間も。ニアミスだった？」

一人暮らしの女性というところにシンパシーを感じて、つい動きを止めた時だった。

これから駅に向かうのだろうか。背広姿の男が階段を駆け上がって来て、すれ違いざまに那美にぶつかったのだ――。


「――そう、だった。私、あの時、階段から落ちて」

幽体姿の那美は、宙をぷかぷか浮きながら思い出した。

背広をまとった男はかなり恰幅がよかった。

毎日おいしいものを食べているのか、肉の詰まった肩に弾き飛ばされて、那美は二十段以上ある階段を転がり落ちたのだ。歩道に頭を打ち付けて、意識がブラックアウトした。

そして気がつくとここにいた。

どうやら意識不明の重体になって、救急車で運ばれてきたらしい。

「……信じられない。階段から落ちて意識不明なんてどんな古典的ボケ？」

しかも幽体離脱するという斜め上のおまけつきだ。恥ずかしすぎる。

「やだ、『如月さん、案外そそっかしいゆうか、お約束を外さん人やったんねえ』って、上司に笑われる、各部署に言いふらされる」

遠慮の無い上司はバリバリの関西人だ。お笑いネタが大好きで、誰かをいじれる機会は逃さない。

「それにこれって通勤中の事故になるの？　労災は下りる？　ここ、ベッドが他にもあるけど、集中治療室とかよね。医療費かかりそうだけど入院費っていくら？」

マンションのローンを抱えた身では切実だ。

何より、入院となれば同意書とか保証人とか、サインが必要な書類があるはず。

本人に意識がない場合はどうなるのだろう。病院側で身内を捜してくれるのだろうか。

会社には連絡がつくはずだ。バッグには社員証が入っている。

「会社から実家に連絡がいく？　ああ、母さんにいい歳してあんた何やってんのってあきれられる。へたをしたら親戚のおばさんたちに地元に帰っておいでって強制される……」

冷蔵庫の中身だって。昨日は角材を切るのにつかれて週末恒例の冷蔵庫の中身使い切りをしなかった。肉の残りや野菜が入ったままだ。

せめて肉だけでも冷凍しておけばよかった。くさってしまう。

やりかけの仕事も気になるが、そちらは課内でデータを共有している。一山越えたところだったから少しくらい那美が留守にしてもなんとかなるだろう。

問題は復帰がいつになるかだ。

よくある体験談だと幽体離脱とは、死線をふらついた間にだけ起こる不思議現象だ。無事、意識を取り戻したら、「変な夢を見た」となるのが落ちだから、きっと自分もそうなるはず。そう信じる。

となると、重要なのは自分がいつ意識を取り戻すかだ。

「見たところギプスもはめてないけど、どんな怪我したの？　それに入院って長びいたらどうしたらいいの。着替えとかいる？　準備なんてしてないよ」

何しろ気ままな一人暮らしだ。まだ若いし、倒れることもなかろうと、いざというときのための入院グッズまとめなどしていない。そもそも用意があっても意識不明では取りに帰れない。

誰かに届けてもらおうにも友人たちは結婚や転勤で全国に散っている。実家は日本海側の山中だ。父母や兄夫婦は健在だが、大阪湾側のここまでは気軽には来てもらえない距離だ。親戚も近くにはいない。

終わった。

いや、それよりもまずいのは。

「……もし、うちの上司がいらない気とか利かせて、『お母様は遠くて大変でしょう。必要な書類は郵送します。入用な品も娘さんの家までうちの者に取りに行かせますから』とか言いだしたら」

今日帰ったら続きをしようと、キッチンには棚取り付け用の角材や電動ドリルを出したままだ。会社の同僚たちにＤＩＹ途中の散らかり放題の部屋を見られてしまう。

「キッチンに大工道具を常備してる角材女とか噂されたら、社会的に死ぬ……」

さすがに怪しげな物を作るテロリストと誤解されたりはしないと思う。それでも嫌だ。

男女問わず歳を重ねると世間の目が厳しくなる。若い頃は多少のやんちゃも「まだ若いから」と、大目に見てもらえるが、歳をとると、「いい歳して、あそこの娘さんは」と妙な注目を浴びることになる。

見られて平気な人もいるが、那美は世間体を気にするほうだ。こちらで就職してからのこと。まだまだ旧態依然の風潮がある実家に法事で帰った際に、ちょっと転職を考えていると話したとたんに、「仕事なんてコロコロ変えるもんじゃない」「まだ嫁に行かないのか、独り身だから親も放って好き勝手するんだ」「地元に帰ってこい」と、親戚のおばさんたちによってたかって言われたのがトラウマになっている。

そんな皆も那美が三十歳を超えるとあきらめたのか何も言わなくなった。

それでも三つ子の魂百までというか、気になってしまうのだ。

だから目立たず、騒がず、面白みもないけど、その分、羽目を外したりしない落ち着いた大人を演じてきた。親戚連中の耳に入って、それみたことか、帰ってこい、などと言われる隙を作らないようにだ。今のマンションだってＤＩＹの音には注意して、理想のご近所さんの外面を取り繕っていた。

それがキッチンに角材が転がってるなんて知られれば。ゴミ捨てや共用廊下で誰かと一緒になる度に「あれが一人で部屋にこもって大工仕事してる新入りさん」と、興味の目で見られるかもしれない。

阪神間は実家周辺より人が多い。いろいろな人がいる分、悪目立ちもしにくい。が、マイペースなようでいて繊細なところのある那美は耐えられない。

（せっかく築き上げた〝無難な人〟評価がダダ下がり……！）

ひとしきり頭を抱えて、那美は腹の据《す》わった顔になった。

「……今さらじたばたしたってどうしようもない」

ベッドに横たわる自分は作務衣《さむえ》みたいな入院着に着替えさせられている。周囲にはバッグもない。会社にもとっくに連絡がいっただろう。マンションに入られるならもう入られている。すでに事後だ。

「中古だけど昼は管理人さんが常駐してるマンションを背伸びして買ったんだから。誰か中に入ってても管理人さんが付き添ってくれるだろうし、後輩たちも賑やかだけど良識はあるし。他人の家を歩き回ってよけいなところを見たりはしないはず」

……たぶん。信じよう。

那美はため息をつくと、現状を受け入れる覚悟をつけた。というか、開き直った。

とにかく、まずは自分の体がどうなっているかを知りたい。

周囲を見回したが、今は容態が落ち着いているからか医師はいない。ベッドが六台並んだ大部屋には看護師が一人ついているが、他は那美を含め眠っているか話す気力のない患者ばかり。幽体姿の那美は人には見えないらしく、看護師も都合よく患者の病状をつぶやいたりもしない。

（ここを出て他に行くしかないってことか……）

スタッフステーションまで行けば医師がいるかもしれない。カルテだってあるだろう。それを覗くか、誰かが業務連絡や引継ぎで患者の病状を口にするのを待っていよう。そのほうがここでおろおろしているより建設的だ。

思い立ったら即実行だ。

自分に活を入れると扉へ向かう。

那美は行動派ではない。どちらかというと慎重タイプのインドア派だ。

だが今は。とにかく体を動かしていないと不安が勝って、前へ進むことができなくなる気がしたのだ。

部屋を出ると、左右に細長いトンネルのような廊下が伸びていた。

今は夜らしく、薄暗い空間には誰もいない。常夜の光度を抑えた照明が等間隔についている。

けっこう大きな病院に運ばれたようだ。今は閉じているが患者がいるらしき病室の扉がずらりと並んでいて、壁に手すりがついているのと、そこはかとなく薬品臭がするところが病院という感じがする。

見回すと、高校の校舎くらいある廊下の真ん中に、明るい灯の点った場所があった。きっとあそこがスタッフステーションだ。

那美は慣れない幽体を動かして、移動を始めた。なかなか前に進まない。

怯えて腰が引けているらしい。

「……この歳で夜の病院が怖いなんてって自分でも思うけど」

昔は那美も感受性が豊かだった。が、三十歳を超えた辺りでふっきれた。後輩たちのように可愛い自分を演出する初々しさは失って久しいし、わざわざホラー映画を見て騒ぐ元気もない。

喜怒哀楽の感情が枯れたとまでは思わないが、いろいろと心の断捨離が進んで大人になったのだ。なので、最近はお化けや幽霊といった不思議現象について考えたこともない。が、こんな体になったのだ。

幽体離脱という不思議が本当にあると、身をもって実証してしまった。なら、幽霊だっているかもしれない。

これは怖い。今まで培った常識の崩壊だ。

そうなると、周囲の重い空気がどうしても気になる。

そもそも人がいるのに夜の病院とはどうしてこんなに静かなのか。

病室横のフレームには入院患者の名札が入っている。壁際の邪魔にならないところには畳まれた車椅子が置かれているし、漂う生《せい》の気配は濃厚だ。

なのに静かだ。誰もいない。

皆、眠っているだけ。わかっていても、見えない扉の奥からひそめられた息遣いが聞こえるようで、いるのにいないという状態が那美の精神を圧迫する。さっき出発したばかりなのにもう戻りたくなった。

それでも方向転換しなかったのは、戻っても自力で部屋の扉を開けられる自信がなかったからだ。

部屋を出るときは夢中だった。深く考えなかったからかすり抜けられた。が、改めて扉を前にすると通り抜けられる自信がない。

部屋に入れなかったらどうすればいい？　看護師が出て来るのを待って、ひたすら一人で薄暗い廊下に立ち尽くすのか？

(そんなのよけいに怖いじゃない！)

それくらいなら自分で動いてスタッフステーションを目指すほうがましだ。

おそるおそる進んで、後少しで目的地というところまで来た時だった。

ガチャンッ。

突然、大きな音が洗面所を挟んだ向こう側から聞こえた。

(何⁉)

那美は思わず振り返った。

この病院は廊下が二本平行に伸びていて、外に面した側に窓のある病室が、廊下と廊下の間にある中央部に洗面所や窓が無くてもいい倉庫や処置室などが配置されているらしい。

音は那美がいる廊下ではなく、洗面所を挟んだ向こう側からした。

トイレに起きた患者が転倒したか、巡回中の看護師が何かを落としたか。

人恋しくなっていたところだ。洗面所はあちら側にも戸口がついて、トンネルのように通り抜けができるようになっている。

無音の病棟にこれ以上、一人でいたくない。

那美は音のしたほうへと向かった。洗面所の中を通って、反対側の廊下に出る。が、

「え？」

廊下に顔を覗かせた那美は、目を丸くした。

誰もいない。

さっきまでいた側と同じく、病室の扉も閉められている。非常階段だろうか。洗面所の隣に薄暗い不気味な空間が口を開けているだけだ。

代わりといっては何だが、そこには物が散乱していた。

ゴム紐に脱脂綿、ガーゼ、体温計。巡回の時に使うのか、医療用品が載せてあったらし

き金属製のカートが倒れていて、備品が床に散らばっている。さっき聞いたのはこれが床にぶつかった音らしい。

「勝手に倒れた？　それってかなり不自然だけど」

四角い銀色のカートはキャスター付きの脚が四本あるがっしりした作りだ。そもそもなぜ、看護師が使うカートが非常階段の前にある。

不審に思って那美がカートに近づいた時だった。陰から何かが顔を出した。

犬だ。

薄闇の中、ふわふわした白い毛並みの犬が、華奢な四肢を踏ん張ってそこにいた。獅子のたてがみのように顔の周りに広がった毛、それにふわりと旗を立てたように上がった尾に見覚えがある。

「ポメラニアン……？」

確か駅前でよく会うお婆さんがつれていた、小さな犬がポメラニアンだった気がする。あれは両手で軽く抱けるぬいぐるみサイズだった。が、この犬は柴犬くらいの大きさがある。鼻もとがっていて耳も大きい。

いや、問題はそこではない。

どうして病院に犬がいるのか。しかも。

「え？　お前、私が見えてる、の……？」

なんとその犬は幽体の那美に、しっかりと視線をあてている。

ばした。

「うそ。猫とか動物のほうが霊感が強いって本当だったんだ」

この姿になって初めて視線が合った相手だ。嬉しくて那美は思わず犬に向かって手を伸
「おいで、ほら、怖くない」

が、届かない。

突然、空気が変わった。

周囲の温度が急速に下がっていくのが、幽体の那美でも感じ取れた。

「な、何？」

あわてて身を起こすと、パンッと乾いた音がして常夜の灯が点滅した。

犬の態度も変わる。牙をむき出して唸りだす。

「グ、グルルルッ」

「ひっ」

あまりの豹変ぶりにあとずさる。が、異変はそれだけではない。犬の姿も変わった。ぼこり、と、瘤《こぶ》のようなものが犬の背から生えてくる。

違う、瘤ではない。棘《とげ》、いや、角か？

見つめる間にも、犬の体がどんどん変化していく。

ふわふわした柔らかそうな毛をつきやぶって赤黒い何かが無数に突き出し、体自体もぼこぼこと沸騰するマグマのような音を立てながら膨らんでいく。

「な。ば、化けた……」

犬は那美の背を超し、膨れ、廊下いっぱいに広がる大きさになった。

最初の愛らしい外観を欠片もとどめない異形になり果てた犬が、じろりと那美を見おろす。

（こ、これってかなりまずくない……？）

お化け犬は完全に臨戦態勢だ。むき出しの牙を見つめながら、幽体って怪我をするのかな、と、那美は現実逃避のように考えた。

那美は自分以外の物にはさわれない。が、このお化け犬はどうだろう。こんな犬に本気で噛まれたら、透ける幽体など一発で引きちぎられてしまう。

その時だった。廊下の向こうから問いかける声が聞こえてきた。

「どうかなさいましたかー？」

穏やかな声の主は、きっと看護師だ。

カートが倒れた音を不審に思い見に来たのか。スタッフステーションのほうから急ぎ気味の足音が近づいてくる。

「だ、駄目、来ちゃ、危ないっ」

あわてて警告する。が、那美の声は人には聞こえない。

歩調をまったく変えずに、看護師が那美と同じく洗面所を突っ切ってやってくる。そして顔を出したとたんに、

「ひっ」

看護師が引きつった声を上げた。動きを止める。

（え、この人、〝犬〟は見えてるの？）

那美の姿は見えていないようだ。が、その目はまっすぐに天井に届くまでに巨大化した犬のほうを向いている。しかも、

「ま、また出た……」

看護師がふるえる声でつぶやいた。

（また？）

あとはもう言葉にならないのだろう。看護師がぺたんとその場に座り込む。

それを見ると那美も今さらながらに恐怖が実感として迫ってきた。

ひゅっと那美の喉が鳴る。そのまま床にくずおれる。

柄にもなく、失神したのだ。

——その翌日のこと。

那美は廊下の隅にうずくまっていた。

「……いったいどうなってるの、この病院」

昨夜はつい気絶してしまったが、幸いというか、あのお化け犬は倒れた幽体を襲うことは良しとしない、フェアプレー精神を持ち合わせていたらしい。那美が気絶している間に

消えていた。

それに気づかず意識を失ったままだった那美は、そのまま一晩、廊下に転がっていた。朝を迎えて起き出した人々の騒がしさで目を覚ましたのだ。

正確には、洗顔代わりの熱いおしぼりを配る看護師のカートに轢《ひ》かれて、飛び起きた。

（あれは衝撃だった……。ごつい車輪に体の中を通過されたのに、痛いとか違和感がまったくないのが、かえってきつかった……）

時刻はすでにお昼時、ランチタイムだ。

目の前のエレベーターホールでは、昼食の配膳が始まっていた。大きな業務カートで運ばれてきた昼食のトレイが、看護師や患者たちの手で次々と引き出されていく。メニューは人によってまちまちだが、和食が多いようだ。

お茶碗に盛りつけられたご飯やお粥に主菜の焼き魚、キャベツとわかめの酢の物にかぼちゃの煮つけ、みそ汁。春らしく菜の花の和え物もある。病院の食事はまずいと噂に聞くが、実物はおいしそうだ。

（なのにお腹が空かないのが哀しい……）

那美は立てた膝に顔を埋めてため息をついた。

つくづく自分は吹けば飛ぶ人外の存在になったのだなと実感する。それなのにお化けが怖くて気絶するなど、恥ずかしすぎる。だが、あれは不可抗力だと思うのだ。

人のお化けというか幽霊が出るのは場所が病院だしある程度は覚悟していた。だが、どうして犬の化け物まで出てくるのか。

ホールの壁に貼られた案内図で確かめた。ここは市内にある病院だ。

人間用の市立病院で、昨夜察したように規模は大きい。五階建ての入院棟の他に外来患者を受け入れる診察棟、売店や食堂まである。

そして、そのどこにも動物診療科の文字はない。

なのにあの時の看護師は「また」と言っていた。つまりあのお化け犬はここにはよく出るということだ。

(なら、同じ病院内の、私の本体がいる集中治療室にも出るかもしれないということ?)

そう考えると那美は怖くて人が多いここから動くことができない。本体の様子が気になるが、あのお化け犬が出た廊下をまた通って、ひっそりとした集中治療室に戻るなど怖すぎる。

はあ、とため息をついたときだった。声をかけられた。

「まあ、ため息。だいじょうぶ?」

「あ、はい。大丈夫です……」

普通に答えを返しかけて、那美は引いた。悲鳴が出そうになる。

実にフレンドリーに話しかけてくれたのは、上品なピンクのカーディガンを羽織った老婦人だった。ただし、頭が半分ない。那美を視認できたことで気づけば良かった。幽霊だ。

そう。那美がここから動けないのはあの化け物犬のせいだけではない。

場所が病院だけあって、ここには山ほど幽霊がいるのだ。

もの問いたげに那美を見ながらすーっと横滑りに去っていく若い女の霊に、杖をついた老人の霊。エレベーターが到着して扉が開くたびに新手の幽霊が乗っているのが見える。そのまま意識をブラックアウトさせなかった自分を褒めてやりたい。

さらにとどめはスタッフステーション横の談話室にたむろしているおばちゃまたちだった。

実に自然に笑い声をあげながら井戸端会議をしているが、よく見ると彼女たちは人ではなかった。全員、体が透けている。髪にふんわりパーマをかけ、きちんとお出かけ着を着ているのに、片方だけ裸足なところがまた怖かった。彼らがいるせいでもとの病室に戻れない。

（どうして？　夜は一人も居なかったのに、どうして昼間から堂々と、なごやかな顔してさも当然みたいに廊下にたむろしてるの）

彼らは昨夜のお化け犬とは違い、害意はない。幽体同士なら視えるだけでなく話せるらしく、「新入りさん？」と親切に声をかけてくる霊もいる。

が、那美は断じて幽霊ではない。ちょっと体の外に出て戻れなくなっているだけだ。彼らと同じと思いたくないし、近づきたくもない。

それにまだ肝心のここへ来た目的を果たせていない。

当初の目的、自分の病状を確かめること。

立ち働く看護師たちを観察したが、病状を記したカルテはこの病院では電子入力になっている。パソコンを開けて検索すれば見られるわけだが、幽体である那美はキーボードを叩けない。誰かが那美のカルテを開いてくれるのをひたすらパソコンの横で待つしかないのだ。

なのにスタッフステーションは広いくせに狭い。動線を考えた無駄のない作りになっているから、誰も通らないよけいなスペースというものがない。そんな場所があれば物が置かれている。つまり、那美が立っていられる余地がない。

幽体である那美には実体がないからスタッフステーションの中にいても看護師にぶつかったりと仕事の邪魔になることはない。が、体の中を素通りされるのは嫌だ。

担当医を探しに行こうかとも思ったが、幽体の自分がどれだけ本体から離れられるかもわからない。那美と本体はうっすらと光る緒のようなものでつながっているのだが、それは今も臍の辺りから伸びていて、すうっと壁の向こうに消えている。

緒は本体と同じ部屋にいた時より断然、薄く、細くなっていて、離れすぎたら切れてしまいそうで怖い。うかつに動けない。

本当はこんな床ではなく、壁際に置かれた椅子に座りたい。が、那美は人には見えない。椅子に座っていると知らない人がやってきて膝の上にのってきたりする。

何度も言うが、那美に実体はない。すり抜けるわけだから、座られても重いとかはないが、誰かと存在が重なる感覚が嫌すぎる。

「私、これからどうなるの……」

あんまりな状況につい不安が口を突いて出る。

進学を機に関西に出て一人暮らしを始めた。それなりに頑張って生きてきた。

地元最後の独身の友人が結婚した時はさすがに将来が不安になって、勢いでマンションを買ってしまったが、電話で同居の兄嫁の愚痴を言ってくる母を見ると、必要以上に他人と関わるのは面倒だと思う。母が、「那美ちゃん、マンション買ったなら息抜きに泊まりに行っていい？」と聞いてきた時には、自分の選択は間違っていなかったと胸も張れた。

なのにこんな落とし穴があるとは。

「……このまま、体が目を覚まさなかったらどうしよう」

壁際にうずくまり廊下を行き交う人たちを見ていると、壁の手すりを頼りに歩いてきたお爺さんに体の中を通られた。

「いやぁっ、隅にもいさせてもらえない!?」

悲鳴をあげて廊下の中央に避けた時だった。

「あ。眼鏡のイケメン君」

すらりとした男性が一人、キャスター付きの点滴台を手に廊下を歩いてきた。

色白のほっそりとした人だ。まだ若い。

学生ではなさそうだが、二十代半ば過ぎくらいか。お肌の張り具合からすると那美より年下っぽいが、落ち着いた感じのする青年だ。

すっきりとした眉に、切れ長の瞳。整った顔立ちに、細いシックな黒フレームの眼鏡が似合う。髪は短めに整えてあるが、頭の形がよいので清潔感がある。

派手さはない。どちらかと言うと静かな佇まいなのに存在感がある。深い山中の竹林のような、苔むした岩の間を流れる清水のような。

だからだろうか。着ているのは、他の入院患者と同じレンタル入院着なのに、彼だけはきちんと襟を正した和服を着用したように様になっている。

(……背筋が伸びてるから？　すごく和服が似合いそう。和男子って感じがする)

こんな時なのに。いや、こんな時だからこそか。頭が現実逃避をしたがっているのか、特に美形好きというわけでもない那美だが、避けることも忘れて目で追う。

この病院の入院棟はスタッフステーションが入った中央部を境に、こちらを女性用、あちらを男性用病室とだいたい区別されている。が、廊下は特に規制はない。運動のためか、昼食のトレイを返却したついでに廊下を一周していく人が多い。彼もそんな一人だろう。

那美は廊下の真ん中に立ったまま、ぼんやりと彼を見る。

彼は通行人で病人だ。行動に支障のない自分が端に避けるべきだが、今の那美に実体はない。

(どうせこの人も私の中、突き抜けていくんだろうなあ)

そう思うと物悲しくなって、動くのもおっくうになってくる。

那美が半ば自棄になって立っていると、彼がすっと那美を避けた。横を通り過ぎる。

爽やかな歯磨き粉の残り香が、那美の頬をかすめた。

「あれ？」

偶然だろうか。

あわてて周りを見る。が、廊下には那美以外に障害物はない。なのに彼は那美をよけた。

少し進んだ先でまた元の進路に戻り、何食わぬ顔で進んでいく。

「……もしかして、見えてる？」

まさか、と思いつつも那美はいそいであとを追った。どうせ暇だ。追い越しざまに彼の真ん前に立ち塞がる。多少、馬鹿っぽいなとは思いつつ、両手をふりつつ挨拶してみる。

「こんにちは！」

するとまた彼が実に自然な仕草で、すっとよけた。

しかも那美の〝もしや見えているのでは〟疑惑に気づいているのか、さりげなく廊下の端で立ち止まり、椅子に座った老人に挨拶する。

廊下をふさぐ幽体になんか気づいていません、偶然避けただけです、と、アピールまでする念の入りようだ。

（これは絶対に見えてる！）

確信した那美は、彼の前にまたまた立ち塞がった。

腕を広げ、通せんぼをして進路を邪魔する。

「ねえ、無視しないで。見えてるんでしょ、あなた」

彼は幽霊ではない。幽体生活を始めてまだ一日しかたっていないが、さんざん自分の今の体を見たのだ。違いのわかる女になっている。

幽体は生者と変わらない姿をしていても、どこか存在感というか密度が薄い。

質量が見た目の体積に足りず中身がスカスカしているというか、二本の足で床に立っていてもどこかおぼつかない。あの世とこの世の妖しい境界上を歩いているような不確かな感じがする。

が、目の前にいる彼は質感がある。

病院のスリッパをはいた足はしっかり重量をともなって床についているし、片手に持ったキャスター付きの点滴台もどっしりとした存在感を伝えてくる。

現に通りかかった看護師が、

「吉川《きっかわ》さんー、今日は退院手続きの説明に事務所の人が行きますから。歯磨きは早めに済ませて部屋に戻っててくださいねー」

と、にこやかに声をかけている。

名前ゲットだ。

「どうして無視するの、吉川さん！」

「ああ、もう、やめてください、しつこい！」

聞いたばかりの名を口にして、すかすかすり抜ける手で彼の肩をゆする真似をすると、怒られた。

彼ははっとして口を手で押さえているがもう遅い。

「やっぱり見えてるし、聞こえてる。よかったあ……」

那美はすでに半泣きだ。自分を見てくれる相手に巡り会えた幸運に胸がいっぱいで、すかすかすり抜ける手で彼の肩を叩き続ける。

「よかった、よかった、私、あなたに会えて本当によかった……」

「いや、だから、やめてくださいって……」

那美の攻勢にあきれつつ、それでも防ごうとする彼の背後から、心配そうな入院患者たちの声がした。

「どうした、兄ちゃん、急に一人言なんか言いはじめて」

「手ぇぶんぶんふって気分でも悪いんか。看護師さん呼んできたほうがいいか？」

近くにいたお爺さん、お婆さんたちが怪訝そうな顔で寄ってくる。

そちらに向かって、「何でもないです、ちょっと食後の体操に腕をふっていただけで」と言い訳して、彼が那美を見た。

心底嫌そうな顔をして、腕を掴む。

感じる確かな温もりに、那美は大泣きだ。感激のあまり、彼のひどすぎる表情にも気がつかない。

「嘘、さわってるうう……」

「いちいちうるさい。こっち来てください、場所を変えますから」

「え、何、引っ張られる、腕を掴まれるってこんなに気持ちいいの？　ね、ね、お願いだから答えてよ、何でもいいから生きてる人と話がしたいっ」

「だ・か・ら！　場所を変えると言っているでしょう。いちいち返事しないといけないような問いかけをしないでください。このままじゃ僕がおかしな人扱いだ」

言うと、彼は片手に那美、もう片方の手で点滴台を引っ張ってエレベーターに乗り込んだ。


幽体が見えるどころか、声まで聞こえてさわれる彼は、吉川孝信《たかのぶ》君というそうだ。

生まれつき霊力があるとかで、吉川君側が〝相手がそこに在る〟と意識すれば、幽体のほうも彼にさわれるようになるらしい。それを聞いた那美は手を伸ばした。ぺたぺたと彼に触れる。本当だ。体温まで感じられる。霊力持ちの人ってすごい。

吉川君が実に嫌そうに那美の手を払いのける。

「……この体質のせいで周囲に気を使いすぎて胃潰瘍《いかいよう》になって入院したんです。霊力持ちなんて人から変な目で見られるだけだから、気をつけて、気をつけて、ここでは視えないふりをして、手術も無事終わったのに、退院間際の今になって、どうしてまたこんな幽体に捕まる羽目に」

点滴台にすがって頭を抱える彼は、真面目というか神経質そうで、確かにストレスで胃に穴が開きそうなタイプだ。

　そんな彼が那美を引っ張って連れて行ったのは、なんと病院の外だった。

「うわあ、私、こうなって初めて外に出た。中にいたのたった一日なのに新鮮……」

　那美はこわごわ、吉川くんが開けてくれた自動ドアから外へ出る。

　ドラマや映画ではこういうシーンでは屋上に出るが、あいにくこの病院の屋上は立ち入り禁止らしい。彼はまだ肌寒いというのに薄いレンタル入院着のまま、通用口の外にある駐車場へと那美を引っ張っていった。

「何？　どこまで行くの、いやっ、魂の緒が切れるっ」

「これくらいじゃ切れませんから。ほら、こっち」

「あ。ほんとだ、切れてない……」

　臍の辺りから出ている魂の緒はさらに細くなっている。真ん中はすでに緒というよりうっすらした光の粒になって密度を減らしているが、那美の病室があるらしき方角に向かってしっかり伸びている。感覚的にもベッドの自分が死んだ感じはしない。

　まあ、幽体になりたてなので、本体の異変を察知する力があるかはわからないが。

「魂とは意識さえしっかり持っていれば案外、丈夫なものなんです。自我を失わず、自分の体の位置さえ覚えていれば迷ったりもしません」

　言って、彼はさらに那美を引っ張ると、駐車場の片隅にある生垣の陰まで連れて来た。

「どうしてこんな隅？」

「ここくらいしか人目がなくて防犯カメラの死角になる場所がないんです」

「何、死角って怖っ。私、そんな監視網の隙間に連れて来られたの？」

「誰のせいだと思ってるんです！」

また怒られた。けっこう短気だ。それに。

（怒っても、敬語は崩さないんだ……）

まだ若いのになんと礼儀正しい。職場の生意気な新人アルバイトに見習わせたい。

（なら、私も大人に戻って冷静に対処しないと）

そう思うのだが相手は幽体になって初めて意思の疎通ができた人だ。どうしても興奮してしまう。

「うう、もうね、君って存在自体が尊いよ……」

那美は涙ぐんだ。両手は自然と彼を拝んでいる。

「幽体になって以来、話し相手どころか目を合わせてくれる相手もいなくて、本物のお一人様状態だったから。自分の意思でお一人様するのと強制的に世界から排除されるのとじゃ全然違うって思い知った」

初対面から無視されるし、やっと話せたと思ったら怒られるしで、彼は那美に対してかなりの塩対応なのだが、それでも会話ができるのがありがたくてしかたがない。彼から後光が射して見える。

「生き仏ってこういう人のことを言うんだなあ」

「それ、用語の使い方を間違えてますから。というか拝まないでくださいっ」

彼が眼鏡をくいと押し上げて言った。

「とにかく。僕は幽体とは関わり合いになりたくないんです」

冷ややかに言い渡される。

「今は互いの意思の疎通をはかるためにこうして話していますが、僕の入院中はもう話しかけないでください。僕も無視しますから」

「そんな、どうして」

「よけいなことはしょい込みたくないんです」

「よけいなことって、単に見える人がいたから嬉しくて話しかけただけで」

「あなたはそうかもしれませんが、ここにはあなたの他にも大勢の幽霊たちがいます。僕の存在が彼らにばれたらどうなると思うんです？」

「それは……」

彼が言うようにここには幽霊がたくさんいる。さっき廊下にうずくまっている間もさんざん見た。

そんな霊たちが、視える吉川君の存在に気づいたら？

そして彼らが那美と同じく、人には見てもらえない寂しさを抱えていたら？　たった一日、幽体になっただけの那美でも不安で押しつぶされそうだった。

（何年も幽霊をしている人たちなんて、どんな精神状態になってるの……？）

誰にも見てもらえない、さわれない。それがどれだけの苦痛か。

自分がこの世に本当に存在しているのかさえもがわからなくなって、那美は頭がどうになりそうだった。それだけ幽体という存在は脆《もろ》い。

そんな彼らがこの人の存在を知れば、きっと大挙して押しかけるだろう。私を見て、声を聞いてとすがりつくだろう。

それを避けたいという彼の気持ちはわかる。理解できる。

が、理解できても感情が追いつかないのが追い詰められた人間というものだ。

「そう、か。知られたくないか、視えること。それはそうだよね」

那美はこわばった顔で言った。

「でも私、あなたと話したい」

「……脅す気ですか」

「私だってこんなことしたくない。けど他に声を伝えられる人がいなくて」

悔しくて、情けなくて、声がふるえた。こんなに自分が無力だと感じたのは初めてだ。

人に頼るのは苦手だ。というより嫌いだ。

よけいなお願いなんかして他人に迷惑をかけるのは落ち着かないし、頼った結果、人に借りを作るのも心がもぞもぞして嫌だ。

しかも相手は年下で病人だ。それを脅すなんて人としてやってはいけないことだと思う。

だけど、

「でもどうしたらいいかわからない！　仕事は山を越えたばかりで猶予があるけど、こんな体になっていつ復帰できるかもわからない。それまで会社が私を首にしないでいてくれるかもわからないし、マンションのローンだってある。無職になったらどうしたらいいの。そう思ったら不安で不安で、だから自分のことを知りたいだけなのに何もさわれないし、伝えられない。自力じゃ何もできない！」

一度、心が弱くなると一気に来た。堰《せき》が切れたように那美は自分の心を吐きだした。人生、順風満帆で、悠々自適だったこと。なのに階段から落ちたこと。その一瞬で世界が変わってしまったこと。

一人で抱え込んでいるには怖くて。

幽体になって、何にも守られることなく魂が剝き出しになっているからだろうか。常に無く感じやすくなっている。鈍っていた感情や断捨離したはずのいろいろがぶり返して那美に子どもっぽい癇癪《かんしゃく》を起こさせる。

意外なことに彼は那美が話し始めるとおとなしく聞いてくれた。そしてすべて話し終えて荒い息をついていると、彼がため息をついた。

「……これも一期一会《いちごいちえ》、ですか」

「え？」

「あなたは病院内にいる幽霊たちが怖いと言いますが、仏道では人は亡くなると仏になると言います。仏を怖がる人などいますか？」

吉川君が淡々とした口調で問いかける。

「神道でも、帰幽《きゆう》する、と言います。人は死したあとは御霊《みたま》となり、祖先の御許に還るとされているからだそうですが、俗にいう幽霊とは、それが迷い、現世を漂っている状態をさすのでしょう」

おどろおどろしい印象がついていますが、つきつめれば人の魂にすぎないのでしょうね、と。

いきなり宗教上の幽霊について語られて、那美は面食らう。

「そう考えれば、御霊とはその存在の本質そのものと言えるのかもしれません。だからあなたもほんの少し状態が変わっただけで、あなた自身は何も変わっていないのかもしれませんよ。ただ、肉体から抜け出ただけで」

なら、不安がることはないのでは、と彼は言った。

特に那美を励ますのでもなく、否定するのでもなく、そっと寄り添うように。そう考えれば病院内に漂う霊たちも、自分自身のことも怖くはないでしょう、と言ってくれた。

そして、また口を開いた。

「お名前は？」

一瞬、問われたことがわからずに目をまたたかせると、思いのほか慈悲深さを感じる吉川君の顔があった。

彼がもう一度言う。

「ここに入院している患者だというなら名前があるでしょう。それを聞いているんです」

「え？　えっと、その、如月那美と言います……」

「ついてきてください」

くるりと那美に背を向けて、彼が病院に戻っていく。そのままエレベーターに乗って元の入院病棟まで戻ってくると、彼は通りかかった若い看護師さんを捕まえて言った。

「すみません。こちらの集中治療室に入院中の患者さんのことでちょっとお話が」

「はい、なんでしょう？」

「実は先ほどからここに集中治療室で治療中の如月那美さんとおっしゃる方の魂がいらっしゃいまして。ご自分の体のことが心配でいてもたってもいられないと訴えておられるのです。ぜひ、自分の状態が知りたいと」

「え？　ち、ちょっと」

いきなり名前を出されて那美はあわてた。自分の声が他の人には聞こえないとわかっているのに、つい、口に出してしまう。

だが吉川君はやめない。平然とした顔で続ける。

「お手数をとらせますが、カルテを見るか担当医の方に尋ねてはいただけませんか。ご本人にあなたについていってもらいますので、小声で一人言を言う体《てい》で話してくだされば伝わりますから。そうすればこの方も心安らかに、時が至れば元の体に戻れると思うのです」

吉川君は目を閉じ、悟ったように合掌しているが、いやいやいや、ちょっと待って。

(直球か。というか、直球すぎない？)

こんなこと、いきなり言われても看護師も困るだろう。吉川君の袖を引っ張る。

「あなた、おかしな人扱いされるから視えてること、内緒じゃなかった？」

それがなぜ、看護師相手だとぽんぽん話す？

死者ではなく生者にだったら言ってもいいのか。だがさっきは一人言を話すおかしな人だと思われたくないと、那美を引っ張って外へ出たばかりだ。

「そもそもそんなこと言って誰が信じてカルテを見てくれるの。不気味がられるだけじゃ」

那美は言った。しかし、

「え、じゃあ、今、ここにその方がいらっしゃるんですか？」

眼をきらきらさせて、その若い、可愛らしい看護師さん、胸のネームプレートからすると、橘《たちばな》あかねさんというらしいが、彼女が那美から少しずれた中空に目をやった。

見えてはいない。だが彼女は明らかに興奮していた。

「うわあ、まったく気づきませんでした。でも、言われて見れば少し背筋がぞわぞわする気もします。すごい、貴重な体験！　看護師やっててよかった！」

(え？　え？　ええー!?)

どうやらこの橘さんという看護師は、吉川君の言葉を信じたようだ。那美がここにいると、すんなり受け入れている。「それでいいのあなた。そんな簡単にこんな非常識なことを信じてたら悪徳業者に引っかかって壷を買わされたりしない？」と、那美のほうが心配になるくらい彼女は信じ切った澄んだ目を中空に向けてくる。

　そして実に頼もしく、ぐっと両手を握って約束してくれた。

「わかりました、一肌脱ぎましょう！　患者さんを安心させるのも看護師の職務です。さあ、如月さんの生霊さん、ついてきてください！　今からカルテの確認をしますので、思う存分、横から覗いてください！」

　逆に那美は引いた。なぜこんな怪しげな頼みを信じて実行する。

　こっそり吉川君に聞いてみる。

「……もしかしてこの看護師さん、あなたが好きなの？　で、言うことはすべて信じてくれるとか？」

「違います！　この方にはちゃんと他にお付き合いしている方がいらっしゃいます！　相性はどうかと恋愛相談もされましたし。この方はただ、こういったオカルトというか不思議現象がお好きなだけです。なので僕の言葉も信じてくださっているのです」

「そうなの？」

「休日はパワースポット巡りをして気力を高めるのが趣味だそうですよ。毎日、人の生死と向き合う暮らしをしていると、神仏の存在を間近に感じる時がおありだとかで。彼氏さんと両想いになれたのも縁結びで有名な神社に参ったおかげだからと、恩返しに功徳《くどく》を積みたいと、僕にも何か手助けできることがあったら言ってくださいと言ってらしたのですよ」

いや、だからなぜそんなプライベートをこの人があなたに話すの。それに功徳って何、と言いたい。

が、

「ほら、早くついていかないとカルテを見られませんよ。一日中ぼんやりできるあなたと違って、看護師さんはお忙しいのですから。そう何度も時間はさけません」

せかされたので、那美はそれ以上の会話を続けられなかった。すでにスタッフステーションに向かって歩きだしている看護師の橘さんにいそいでついていく。

歩きながらふり返ると吉川君は相変わらずの仏頂面をしていた。

が、見守るようにこちらを見てくれている。

（……けっこう、いい子、なのかな）

自分に関わるなという拒絶反応がすごかったが、結局、彼は見ず知らずの那美の頼みを聞いてくれたのだ。

那美は彼に向かって、感謝の意味を込めて頭を下げた。

ふん、とそっぽを向かれたが。

やはりツンな青年だ。

看護師の橘さんに見てもらったカルテによると、那美の容態は集中治療室に入っているとはいえ予断を許さないものではなかった。

軽い脳震盪《のうしんとう》と、手足の打撲。階段のてっぺんから落ちたにしては骨折もなく、驚くほどの軽傷で済んでいた。

那美はそのことにほっとした。

橘さんの小声の解説によると、打撲の治療は終わっているし、自発呼吸もできている。あとは目覚めるのを待つだけの状態だとか。事故発生から時間がたっていないし、意識も戻っていないので、念のために酸素マスクをつけて集中治療室に入っている状態だそうだ。

「俗に言う、日にち薬という感じですね。焦るとかえって体に障りますから、ご自身の力と私たちを信じてください。一緒に健康を取り戻しましょう！」

相変わらず目線は合っていないが、橘さんが励ましてくれる。それがとてもありがたかった。胸につかえていた重しが溶けていく。

（医は仁術《じんじゅつ》っていうけど、ほんとう……）

聞こえてはいないとわかっている。それでも那美は橘さんに礼を言うと、入院生活をおとなしく受け入れることにしたのだった。

そうして、それから三日が経った。

那美は幽体のままだが、本体のほうはどうしてこれで目覚めないのか不思議なくらいの健康体だからと、酸素マスクを外してもらえた。

念のために体の異常を知らせる計器はつけられたままだが、部屋も手術室に直行しやすい院内エレベーター近くにある集中治療室を出て、スタッフステーション脇の個室に移ることになった。

入院の事務手続きに来てくれた会社の上役の話からも労災は下りそうだし、個人的に入っている保険もあるので、なんとか入院費はカバーできそうだ。

娘の大事にあわてて郷里から出てきた母も、「容態は落ち着いていますし、病院は二十四時間完全介護ですから大丈夫。どれだけこの状態が続くかわかりませんし、お母さんこそ倒れてしまわれては大変ですから」と、担当医から説明を受けて、弁当屋のパートも畑の世話もあるからといったん実家に帰っていった。

那美の周囲を取り巻く状況は一応、山を越えて凪《なぎ》の時間に入ったというべきか。が、そうなるとそれはそれで、また新たな問題が生じてくる。

（……暇すぎ、なんですけど）

那美は長い一日を持て余していた。

幽体でも本体を離れて他の階に行けるとわかった。たむろする幽霊たちも必要以上に怖がらなくていいと知ったので、明るい昼の間なら視線を外して脇を通り過ぎることができるようになった。なので那美の行動範囲は広がった。

が、することがない。

今の那美は入院中で、ゆっくり休んで体を治すのが仕事だ。

本体は寝ていればいいが、怪我もない正常な幽体である那美に睡眠の必要はない。というか幽体は眠れない。

最初はこっそり関係者以外立ち入り禁止の区域に入って手術室を覗いたり、院長室などにお邪魔して社会見学をしていたが、それも三日目ともなればさすがに飽きる。

まだ意識が戻らないから家族以外は面会謝絶で見舞い客が来るわけもなく。病院のロビーで外来患者を眺めて時間をつぶしたが、それができるのもお昼の間まで。外来の受付時間が終われば病院は関係者と入院患者だけの静かな空間に戻ってしまう。

なまじ今まで残業上等で仕事をこなし、帰宅後は寸暇を惜しんでＤＩＹ作業にいそしんでいただけに、何もしなくていい時間はかえって持て余すのだ。

これが普通に入院をしているのなら、命の洗濯とばかりにゆっくり昼寝をしたり、三食、運ばれてくる食事を楽しみにすることもできただろう。が、あいにく幽体の那美は食べることも寝ることもできない。一日二十四時間、時間が有り余る。

【だからといって。消灯後の夜中に枕元でぶつぶつ話しかけるのやめてくれませんか。はっきり言って迷惑です】

「ごめんね。でも吉川君はもうすぐ退院でしょう？　一度はきちんと御礼を言いたくて。関わり合いになりたくないってあなたが言うから遠慮して、あれから一度も視線すら合わせなかったでしょう？」

那美はこっそり吉川君の病室に、いつぞやのお礼を言いに訪れていた。人目を気にする彼を気づかって、夜の消灯時間後だ。

ベッドの周りにはカーテンも引かれているし、これなら吉川君が多少、挙動不審なことをしても、他の人たちに不審がられない。

(それでも筆談方式なところが、用心深いというか)

那美はベッドにサイドボードを引き寄せて、カリカリとメモ用紙にペンを走らせる吉川君の手元を覗き込んだ。

彼は四人収容の大部屋住まいだ。もう消灯後なので、さすがに病院外に出るなどの行動は控えなくてはならない。

と、いうことで。彼は押しかけてきた那美に筆談で対応している。

「私も夜に病人のところに押しかけるのはどうかと思ったけど。昼は無視されるし、このままだと日本語忘れそう」

御礼を言いに来たといいつつ、日本語忘れそう、と愚痴ってしまうあたり、那美もたいがい会話に飢えている。前は一週間くらい話さなくても平気だったのに。

「そもそも病室に戻っても本体のためのベッドはあっても幽体のベッドはないから。どこにいればいいかわからないのよね。居場所がないって地味につらい。別に立ったままでも今の体はつかれないけど、いらない子感がきつくて精神的にしんどいの。宙に浮かびっぱなしも幽霊みたいで落ち着かないし」

【本体があなたの分まで寝ていますし、点滴で栄養補給もしてますからお腹もすかないんでしょうけど、僕は食事も睡眠も、何より心の安静が必要な生身の人間なんです。暇だからと、理由をつけて押しかけてこられたら迷惑です！】

ここぞとばかりに話す那美に、かかっとメモ用紙に返事を書く吉川君の目がすわっている。

【せっかく平和に過ごしていたのに。こんな迷惑な霊に取り憑《つ》かれるとは】

「失礼な。人を悪霊みたいに。だいたい私はまだ死んでない。ぎりぎり幽霊じゃなく人類だから」

【百歩譲ってその主張を受け入れるとして、人なら社会のルールに従ってください。消灯後の異性の部屋に嬉しそうに遊びに来る人がいますか。出て行ってくれないと悪霊退散のお守りを突きつけますよ】

「ひどっ」

とはいえ、彼に睡眠が必要なのは確かだ。悪霊退散のお守りも効きそうで嫌だ。何より筆談のためにつけた枕元の灯が眩しいのか、隣のベッドから咳払いの声がしてくる。

「すみません、すぐ寝ますので」

吉川君があわてて小声で謝って、電灯を消す。しっ、しっ、と那美を追い払う仕草をするのも忘れない。

しょうがない。那美は病室を出る。

「……夜の十時でもう夜中扱いって、消灯時間が早すぎでしょ」

これからどこに行こうとため息が出る。

吉川君のところに押しかけた理由を「昼は無視されるし」と強がっていたが、本当は違う。那美だって大人だ。そんな理由で夜に押しかけたりはしない。もっと切実な問題があるのだ。

「夜はあちこちに幽霊がいるから、嫌なのよね……」

夜の病院は動き回る人間の数が減る分、幽霊たちが目立つ。初日の夜に廊下で幽霊たちを見かけなかったのはたまたまというか、那美がさっさとお化け犬に会って気絶したからだったらしい。

吉川君から幽霊は怖くないと諭されて少しは慣れたが、それでも普通に患者が寝てるベッドに重なって幽霊も一緒に寝ている光景とかは怖すぎる。とてもではないが、「あの幽霊も居場所がなくて暇なんだなー」とはなごめない。

それに、夜になると思い出してしまうのが、初日に見たあのお化け犬のことだ。

（へたにうろついて、またあれが現れたらまずいしなあ）

あの時はなぜか見逃してもらえたが、また遭遇したらどうすればいい。

鼻をかすめる薬剤とアンモニアの混じった独特な臭気が、病院という場所から連想する病と死のイメージを助長してよけいに不安を掻き立てる。

こんなこと、生者である吉川君には話せない。

ただでさえ、一度不安をぶつけて看護師さんに口をきいてもらった。

「しょうがない。今夜もスタッフステーションの棚の上で夜を明かすか……」

夜通し働いている看護師たちの邪魔にならないように、資材がつまった棚の上の狭いスペースに三角座りでじっとしているのはつらい。毎夜のようにお邪魔しているので棚や机の位置どころか受付カウンターの内側に貼ってある、小児科の入院患者さんからの差し入れの、桜の形に折った折り紙の数まで覚えてしまった。が、他に居場所がない。

（なんか深夜にコンビニとかにたむろしてる若い子の気持ちがわかる気がしてくるなあ。あそこなら明るいし、人が動いてて活気があるから）

ただ、スタッフステーションも難有りなのだ。

本来なら夜通し明るい灯が点る一番安心できる場所だが、前にお化け犬がいたのもあの近くなのだ。

あれから院内の噂を拾ってみた。

すると、あのお化け犬の目撃者は圧倒的に看護師が多かった。

お化け犬がよく出る時間帯が患者たちが病室にこもって眠る夜だからというのもあるが、目撃場所自体もスタッフステーション周辺に固まっている。一度はスタッフステーションの中にまで現れたらしい。

正直を言うと行くのが嫌だ。だが行くしかない。完全に腰が引けた那美が、それでも廊下を進み、エレベーター裏にある非常階段の前を通り抜けようとした時だった。

「ごほ、ごほんっ……」

小さく、咳き込む声がした。

ふり返ると、小さな影とすれ違った。子どもだ。五、六歳くらいだろうか。廊下に立った那美の腰辺りくらいしかない小さなおさげ髪の女の子が隣の洗面所から出て来た。


一瞬、幽霊かと身構えたが、ちゃんと生きた人間だったようだ。パタパタとスリッパの音を響かせながら階段室へと続く開口部をくぐり、階段を上っていく。

（小児病棟って、すぐ上の階だっけ）

消灯時間が過ぎているのに他の階に遠征してくるとは、あの子も眠れなくて暇だったのだろうか。

「夜の病院を歩き回るなんて、ちっちゃいのに勇気あるなあ」

ちょっと感心しつつ、前に向き直った時だった。

あの白い犬がいた。

廊下に座り込んで、小首を傾げてこちらを見ている。

「で、出たあああ」

意識こそ失わなかったが、那美はその場にへたり込んだ。

が、今回のお化け犬は変化しなかった。

牙も剝かない。動けない那美のほうを不思議そうに見ると、ふわふわした尾をふって、それからするりと横を通って階段室の中へと消えた。

「あ、待って」

つい、呼び掛けてしまうほど、自然で愛らしい動きだった。

(どうして？　あれってあの時のお化け犬じゃなかったの？)

同じ姿の犬が二匹いるのだろうか。

さっき見たのはあの時と同じ犬とは思えないくらい、おとなしく賢そうな顔をしていた。

通勤途中で会う人懐こい飼い犬たちと同じで、目が合ってもあわてて逃げたりしない。

それどころか、座り込む那美に興味を示していたように思える。

茫然と犬の消えた先を見ていた那美は、周囲に注意を払うのを忘れていた。

「まあ、まあ、そんなところに座り込んでどうしたの」

「あら、新入りちゃんじゃない。やっと話せたわね」

気がつくと、階段を降りて来たおばちゃま霊たちに囲まれていた。

いつもスタッフステーション横の談話室でだべっている、井戸端会議のメンバーだ。

ちょうど足元を照らす常夜灯のおかげで、懐中電灯で顔を下から照らしたような迫力ある見た目になっていて。しかも中の一人の頭が欠けた部分が、非常口を示す標識灯の光に濡れ濡れと輝く位置で。

(脳がっ、中身がっ、砕けた豆腐と白子がっ)

叫んで気絶しなかった自分を、褒めてあげたい。

「最近、多いのよねえ。急に唸って、大きくなる犬のお化け騒ぎ」

「前はこんな物騒なことなかったのよ。だから那美ちゃん、ここのこと嫌いになったりしないでね。普段は平和だから」

「でもここに来た初日にあの犬に遭遇するなんて、幽体になりたての若いお嬢さんには刺激が強すぎたわねえ。大丈夫？」

　那美がおばちゃま霊たちの輪から逃げることができず。

　フレンドリーな態度に押し切られて自己紹介をし、犬のお化けと遭遇したことを話すと、皆、口々に慰めてくれた。

　平均年齢八十超えのお姉さま方からすると、三十超えの那美も若いお嬢さんになってしまうらしい。すごい。

（それに幽霊なのにこの人たち、案外、話してみると怖くないかも）

　あのお化け犬を見たあとだから、他がましに見えるのか。

　それともおばちゃま霊たちがあまりに自然というか、生前と変わらない態度をとっているからか、地元の町内会の集まりにでも紛れ込んだような感がある。

「つきつめれば人の御霊にすぎません」

　吉川君の言葉を思い出す。

　頭に刷り込まれたあの言葉が背を押してくれたのか、最初こそ怯えて距離を取ったが、話すうちに警戒心が解けていく。

何しろ普通に話せるのだ。吉川君みたいな嫌々ながらの筆談ではなく。これは大きい。ずっと一人が平気だった。他に気を使わなくて済むし、と、休日は家にこもりきりでもまったく気にならなかった。

が、ここに来て、那美の意識は変わった。

(誰かと話したい。私が本当にここに存在してると、教えてほしい……！)

そう強く願うようになった。

だから今はおばちゃま霊たちのたわいのないおしゃべりが好ましい。

怖くて不安でたまらなかった旅の夜に、ようやく灯の灯った宿屋にたどり着けたような安心感がある。

そもそも自分自身がすでに幽霊じみた存在なのだ。大きな括りではこの人たちと仲間といっていいだろう。そう思えてきたのだ。

そうして開き直ってみると、おばちゃま霊との会話は楽しかった。

彼女たちは一日中、のんびり日向を求めて移動する猫のように、居心地のいい場所を求めて病院内を移動しながらおしゃべりをしているだけあって、情報通だった。那美が知りたいと思っていたことをどんどん教えてくれる。

「あの犬、別にここで死んだ犬ってわけじゃないんだけどね。ひと月ほど前にどこからともなくふらっと現れてね、居ついちゃってるのよ」

「けっこう品のいい犬だし、最初は私たちも飼い犬だったのが幽霊になったのかな、飼い主にも姿を見てもらえなくなって寂しくて人の霊が多いここに来たのかな、なら相手してあげようかって皆で話してたんだけど。普段はなんともないのに、夜になると生きた人たちだけじゃなく、私たちを見ても吠えてくるの」

「だから怖くて私たちも夜はうろつきにくくって。今夜も夜景を見ながら屋上でオールナイト女子会したかったんだけど、早めに降りてきたのよ。あの犬、いつも皆が寝静まって、しばらくしてから出て来るから」

あのお化け犬はだいたいの出現時間が決まっているらしい。

これは貴重な情報だ。

(だからさっき会った時に化けなかったのかな。まだ時間が早いからとかで)

それにおばちゃま霊たちによると、最初の一回こそ看護師のいるスタッフステーションで暴れたらしいが、あとの出現場所はすべてエレベーターホール近くの廊下や、ひと気のないトイレや洗面所などらしい。

なら、その時間帯に近くをうろつかなければ遭遇することもない。

ほっとした。おばちゃま霊たちに感謝だ。

「お化けになっても元が犬だからか時間にきっちりしてるのよね。きっと飼い主さんのしつけがよくて、散歩の時間とかコースが決まってる子だったのよ」

「おかげで避けようと思えば避けられるから、いい子といえばいい子よね、あの犬も」

おばちゃま霊たちは、私たちも夜はうろつきにくくて、と愚痴を言いつつも几帳面なお化け犬に感心している。おおらかだ。

「それにあの犬が出る時は、洗面所が水浸しになってるとか、トイレットペーパーが散乱してるとか、なにか悪戯されたあとだから。今日は悪さをする前に那美ちゃんに見つかっちゃったから退散したんじゃない？」

そう言うおばちゃま霊のリーダー格は、パジャマ姿のおばあさん。児玉《こだま》さんというらしい。三十年前の起き抜けに、心筋梗塞で自宅で倒れてここに運び込まれたが手遅れだったそうだ。

「年寄りに冬の早朝は魔の時間っていうけど、本当よねえ。もうとっくに葬儀も終わってるんだけどね。自分が死んだって頭じゃわかってるんだけど、急だったからかどこか納得してないっていうか、自分でも信じられないでいるのかしらねえ」

特に心残りや恨みがあるわけでもないが、なんとなく、幽霊になって残っているらしい。そんなふわふわした理由で幽霊になることもあるのだと逆に驚いた。

（だからこの人たち怖くないの？）

怪談にある幽霊のように恨みつらみに凝り固まっていないから、人間性を保っていられるのかもしれない。ある意味、悟っているのだろう。吉川君が言っていた、人は死ねば仏になるという言葉が信じられる気がした。

「まあ、そのうち、ひょいっと旅だったりするかもしれないから。それまでは神様におまけをもらったんだと思って、のんびり余生を過ごそうと思って」

他のおばちゃま方も似たような境遇らしい。

自宅ではなく病院に居ついているのは、もう遺族が家を処分して、更地になってしまったからとか、年月が経って知らない他人が入居しているからだそうだ。

「息子の家についていってもいいんだけどね。別に嫁と折り合いが悪いとかじゃないんだけど、なんとなくね」

「そうそう。とっくに家を出て家庭を作ってる息子や孫のところには、行きにくくてねえ」

「街中の家は手狭だからゆっくりできないだろうし、この歳で知らない土地に引っ越すのは勘弁だわ。その点、ここなら市内だし、家の近所で知ってる人とかも来るし」

「賑やかよねえ。知り合いの孫とかひ孫が外来に来たりするしねえ」

と、病院に居座っているのだとか。

が、皆、お化け犬のことでは、眉をひそめてため息をついている。

「困るのよね。騒ぎが大きくなって、病院がお祓いを、なんて言いだす前に何とかしたいけど、私たちには何もできないし。お化け犬の引き取りってどこに連絡したらいいのかしら？　お寺？　保健所？」

「私たち、自力じゃ電話もかけられないしねえ。心霊特集とかドラマだと通話してくる霊っているけど、あれってどうやってるのかしらね。やり方を教えてほしいわ。そうすればこの間生まれたひ孫とだって話せるのに」

と、児玉さんたちが盛り上がっている。が、那美はそれどころではない。

「あの、お祓いって、具体的に話が出てるんですか？」

聞こえた単語が嫌すぎる。

病院側が本気でお祓いをする気になったら、ただの幽体である那美には止められない。

那美自身は自分のことを幽霊とは思っていないが、お祓いをする神主や霊能者からすれば同じだ。一緒に祓われてしまうかもしれない。

（うそ、冗談でしょ。だって私、まだ死んでない。なのにそんなことされたら魂が消えて本当に死んじゃうかもしれないっ）

那美は児玉さんたちのようにいつ旅立ってもいいなどとは悟れない。

買ったばかりのマンションは改装途中だ。片付けだって済んでない。会社のことだって気になるし、こうなってありがたみを知った実家の母にも何かしてあげたい。

真っ青になった那美に、おばちゃま霊たちがなだめるように言う。

「でもねえ、看護師さんたちも困ってるしねえ。それで治療の手がおろそかになったりしたら、生きてる人たちが困るし」

「ここは病院なんだからやっぱり生きた人間ファーストだしねえ。私たちの都合でお祓いやめてなんて言えないし」

「成り行きに任せるしかないのよね。せめてあの犬と違って他の幽霊は無害だって生きた人たちに伝えられたらいいんだけど。私たちと違って那美ちゃんはこんなに若いんだもの。そりゃあ心残りだってあるわよねえ」

自分たちだってお祓いされるかもしれない瀬戸際で、那美のことを我が孫のように心配してくれるおばちゃま霊たちの温かさが切ない。

(……本当にこのまま成り行きまかせでお祓いされるのを待つしかないの?)

その時だった。那美の脳裏に、吉川君の顔が浮かんだ。

廊下の脇に避けることさえおっくうになっていた那美に、元気をくれた人。口は悪いけれど、看護師さんに事情を伝えて、心に巣くった不安を除いてくれた。

記憶補正がされているのか、脳裏の彼は後光まで射して慈悲深い笑みを浮かべている。

「……あの、私、相談できそうな人の心当たりが」

人に頼るのは苦手だ。借りを作るのも嫌。それは変わらない。それに結構いい人な彼に迷惑をかけるのはもっと嫌だ。

が、背に腹は代えられない。

自分も含めて霊の命がかかっている。

おばちゃま霊たちはお祓いをあきらめて受け入れているようだが、自発的に成仏するのと、強制的に祓われるのはきっと違うと思う。

「迷惑はかけたくないので、他の幽霊さんたちには内密にお願いしたいんですけど……」

那美は胸の中で手を合わせて謝りつつ、吉川君を売ることにした。

「だ・か・ら!　僕を巻き込まないでくださいと言ったじゃないですかっ。どうしてあなたはそうなんですかっ」

　初日に連れて行ってもらった、カメラの死角の駐車場横でのこと。

　おばちゃま霊たちに四方を囲まれ、無理やり連行された吉川君が、待ち構えていた那美を見るなりこめかみに青筋を立てて怒りだした。

　視えることをカミングアウトした那美には観念しているようだが、吉川君はまだ他の幽霊たちに、視える人であることを認めていない。頑なにおばちゃま霊たちのほうを見ない。

「……もうあきらめよう？　これだけ人がいるのに私とだけ話すのも不自然っていうか、ちょっと失礼だし」

「不自然で結構。だいたいここにいるのは人ではないでしょう。それに失礼にならないように見ないようにしているんです。一度見て口を開けばきついことを言いそうですから。相手が幽霊とはいえ年長の方々にそんな失礼な真似はできません」

「まあ、年長の方々だなんて」

「若いのに目上を敬えるなんていい子ねえ」

　おばちゃま霊たちが吉川君への好感度を上げている。そうか、彼は年上には弱いのか。

　那美は、ふふん、と胸を張ると、自分を指さした。

「幽体だから見た目薄くて気づいてなかったかもだけど、私も実は君より年上だから」

「夜、一人で過ごすのが寂しいと押しかけてくるような精神年齢が幼い人を年上と敬う気はありません。というか、どうしてあなたが僕の年齢を知っているんです」

「ベッドサイドの名札に書いてあったから。血液型も」

「くっ、個人情報の管理はいったい」

二人で話していると、おばちゃま霊たちが目を輝かした。

「二人とも仲がいいのねえ」

「もしかして入院中に恋が芽生えた？　若いっていいわあ」

「違います！」

仲良くハモってしまった。

が、彼はツンツンしていてもやはり根は面倒見のいい人だ。

命がかかっているのだと、お化け犬と先住霊たちを取り巻く病院事情を話すと、前と同じくおとなしく聞いてくれた。そして言った。

「……話を聞く限り、そのお化け犬はいわゆる妖怪の類ではないでしょう。幽霊犬ですね」

「え？　犬も幽霊になるの？」

「当たり前でしょう。人間だってなるんですから」

「いや、そのとおりのような、違うような……」

「そして人にも見えたと。なら、その幽霊犬はかなり霊格が高いか、霊力が強いのでしょうね」

吉川君曰く、幽霊にも持つ力の差というものがあるらしい。生前や死後に功徳を積んで霊格が高くなるものもいれば、元から魂が持つ力が強いもの、または想いの深さがずば抜けていて、人の視覚や精神に影響を及ぼすものまでいるらしい。

「じゃあ、私が人に見てもらえなかったり声が届かなかったりするのは」

「単に凡庸《ぼんよう》だからでしょうね」

はっきりと言いにくいことを言ってくれる。

「それが一番いいんですよ。魂になってまでいろいろ背負い込んでは心が落ち着かない。あげく、怨霊や悪霊になって誰かに祟《たた》りでもすれば生者にまで苦を強いることになります。その幽霊犬がなぜ、高い霊格を持つかはわかりませんが、犬はもともと想いの強い生き物です。そこらに理由があるのかもしれませんね」

ついでに言うと、あの幽霊犬はたぶん、日本スピッツだろう、とのことだ。

「え？　日本、何？」

「その現れた犬の犬種です。体高は三十から三十八センチ、大人の膝辺りだったのでしょう？　そしてひときわ華やかな純白の被毛をもつ。瞳は黒で丸く愛らしく、耳はピンと立った三角、そして高く掲げた美しくなびく尾。なら、日本スピッツ以外ありえません」

「私の拙《つたな》い説明でよくわかったね」

この人はブリーダーか何かなのだろうか。那美は思った。

「最近は人気が下火で数を減らしましたが、日本スピッツは和犬なので性質は忠実で従順。警戒心も強いので、番犬にぴったりです。その分、社交性が低いというか家族以外にはそっけないところもありますが、物覚えがよく遊び好きです。洋犬と違い皮脂腺が少なくてほとんど汗もかきませんから、体臭もしません。伴侶犬として申し分ないでしょう」

吉川君が詳しいのは犬種だけではなかった。

生きた人なのに、霊体についても詳しい。

「幽霊は一つのことに固執して歪まない限り、生前と同じ性質を持ちます。その犬も化けさえしなければ形も歪んでいないといいますし、記憶は保持しているのでしょう。そんな犬が霊体になったからといって飼い主のもとを離れ、自分の家以外の場所に出没するとは考えにくいですね」

つまり、飼い主がこの病院にいるということか？

「それにカートが横倒しになっていたそうですね」

「え、ええ」

「まずそこからしておかしいです。幽霊は普通、物にはさわれません」

「あ」

確かに那美もそうだ。根性を出せば壁や床もすり抜けられるとおばちゃま霊たちに教えてもらうまでは、病室に入るにも誰かが扉を開けてくれるまでずっと待っていた。

「でもあの犬が現れたところがいつも散らかってるのよ？　姿だって変わったし、霊格の高い犬なんでしょう？　特別な力を身に付けてるとかじゃないの？」

「ポルターガイストって言葉もあるじゃない」

「そうよ、そうよ、最近は流行らないのかあまり見ないけど、昔はよくテレビの怪奇特集でやってたわよ」

変化の少ない病院幽霊の最大の娯楽は、待合室に備え付けられたテレビを見ることだ。日中、テレビがついている間はかぶりつきのおばちゃま霊たちの知識は幅広い。

が、吉川君も負けてはいない。即、反論する。

「ポルターガイスト現象とは誰も触れていないのに物が動く、倒れる。ラップ音がするなど、科学や通常の物理法則では説明できない特殊な現象のことをさします。心霊現象だとも言われていますが、ここにいる皆さんで物を動かせる方はいらっしゃいますか」

「え？」

「あら、そういえば」

児玉さんたちが目をぱちくりさせる。

「テレビのチャンネル、変えたくてもできないのよねえ」

「思いっきり顔を突っ込んで念じても、ちょっとノイズが混じるくらいで」

「でしょうね。世間で言われているポルターガイスト現象は科学的にアプローチすると生きた人間が起こす超常能力といったほうが近いものがあるんですよ。精神の安定していない思春期の少年少女が無意識に行うことが多いそうです。霊の場合はよほど思いが強いか歪んででもいなければ、現世に干渉できる力は持てません」

では、あの犬は何だというのだ。

「起こったことを、時系列順に並べてみてください。場所を明記して」

吉川君が言った。

「最近になって出るようになったんですよね」

「ええ。ここひと月ほどよね。私、ここに三十年いるけど、今まであんな犬、見たことなかったし」

「なら、出現するようになった理由があるはずです。その時点の前とあとで何が違うのか。きちんと情報を整理すればおのずと見えてくるものがあるはずです」

きらりと吉川君の眼鏡が光る。

「犬にだって生前の記憶や意思があるんです。カートが倒れたのがその犬の仕業ではなく偶然だったとしても、いつもそういったいたずらめいた騒ぎの起こった場所に現れるのですよね？　なら、理由があって出現している。なぜ、荒らされた場に現れるのか、どういう順でどこが荒らされたかを整理すれば見えてくるものがあるでしょう」

きっぱり言い切る吉川君が妙に格好いい。彼の外での職業は刑事か弁護士だろうか。

その非日常な空気は、周りのおばちゃま霊たちにも伝染する。

「やだ、何、テレビのサスペンスか刑事ものみたいじゃない！」

「楽しい！　暇だと思ってた病院生活にこんなスリルが転がってたなんて。燃えて来たわ、これでも子ども時代は探偵団物を読みまくった女よ！　江戸川《えどがわ》少年探偵団、結成よ！」

「ちょっと、少年って何よ、少年って、そこは少女でしょ」

「それに探偵団名が江戸川って、齢《とし》がばれるわよ。というより明智《あけち》じゃなかった？」

「大丈夫よー、乱歩《らんぽ》じゃなく、コ●ン君からとったんだから」

　大正生まれも交じった幽霊歴三十年以上の元気なおばちゃま霊たちは、知識が新旧入り乱れてジェネレーションギャップを通り越し、レトロなのか何なのかよくわからないノリになっている。

「さっそく行くわよ！　那美ちゃん隊員、口頭で事件発生現場を挙げていくから、書き出して！」

「隊長、幽体ではペンが持てません！」

「ああ、もうわかりましたよ、付き合います。ちょっと待っててください、入用な物を取ってきますから」

　こうなるとさっさと事件を解決させないと落ち着いて療養できないと悟ったのだろう。いろいろ言いつつも面倒見のいい吉川君が病室に戻り、ペンと紙を持ってくる。

　児玉さんたちが張り切って、記憶を探った。

「最初の事件が起こったのは四階よ。スタッフステーション内の薬置き場。事件当時、看護師が一人いたけど、犯行は彼女が業務日誌を書いて目を離した隙に起こったわ。翌朝配るために仕分けしていた薬がばらばらにされたの。時間は……そう、夜だったわね」

「九時前よ。ほら、面会時間も終わって、消灯前の皆が歯を磨きに行ったりしてる時。いつも水曜に薫《かおる》ちゃんが見てるバラエティ番組の終わりかけの時に音がしたじゃない」

「ああ、そうそう、薫ちゃんの部屋にいる時に騒ぎが聞こえたんだっけ。ふーん、初回の騒ぎだけ早い時刻に起こったのね。変ねえ。あとは全部、消灯時間後なのに」

入院病棟の消灯時間は夜の九時だが、四階の小児病棟の個室には、夜もこっそりテレビを楽しんでいる薫ちゃんという患者さんがいるのだとか。で、児玉さんたちは消灯後はその部屋に大挙してお邪魔して、一緒に見ているらしい。

「だってえ、夜は待合ロビーのテレビも消えてて暇なんだもの」

「歳を取ると夜になってもよく眠れないし」

年齢の問題ではなく幽霊は寝ないからだろうと突っ込みたいが、こっそり布団をかぶってテレビを見る子どもの背後にぎっしり人垣を作って画面を覗き込むおばちゃま霊たちは想像するだけでシュールだ。

那美は元の体に戻れてテレビを見られるまでに回復しても、消灯後はすぐに寝ようと決意した。決して幽霊ホイホイにはならない。

だがおかげでテレビの番組表に沿って事件が起こった時刻と曜日が正確にわかる。

「あら、あとは十時後半と、十一時台に集中してる？」

「意外と遅い時間には起こってなかったのね。お化け騒ぎっていえば丑三つ時ってのが定番なのに、最近はこんなものなのかしら。なんだか情緒がないわねえ」

「しかも人目のないところばかり狙ってない？」

最初の怪異こそ看護師が常駐する四階スタッフステーション内で起こったが、あとはすべて三階と五階、しかもトイレや用具庫など、ひと気のないところに被害が集中している。

お化け犬の目的が駆けつけた人を脅すことなら妙だ。人を脅したいなら、最初から人がいるところで化ければいいのだ。

「それに変ね？　ひと気のないところにばかり出るわりに、目撃例が多いのね」

児玉さんも首を傾げる。

「いたずらがばれないようにこっそり人のいないところで騒ぎを起こしてるってわけでもないのかしら」

「どちらかと言うと見せつけてるって感じじゃない？　最初に物をぶちまける時に大きな音がするもの。聞けば看護師さんは職務上、様子を見に行くし、それをあの犬、待ってるのよ。で、来た人の前で吠えたり体を大きくしたりするの」

「わざわざ呼び寄せるために散らかしてるってこと？　そんなことして何の意味があるの？」

そうして、書き出していくと、おのずと見えてくるものがある。

荒らされた棚の位置、物。

そして……その騒ぎが起こる前後に入院してきた患者の名前。

「これって……」

那美は児玉さんたちと顔を見合わせた。


その夜のこと。

消灯時間も過ぎ、洗顔などを行うためにうろついていた入院患者たちも部屋に引き取り、病棟が静かになってしばらくした頃だった。

小さな影が一つ、非常階段から現れて、三階にある風呂場を目指す。

影は施錠のされていない脱衣所に入ると、そっと足音を忍ばせて、きちんと整理されている壁際の棚へと向かう。小さな手を伸ばし、届く範囲にある籠や清掃用具などを床にぶちまけようとした、その時だった。

「はい、そこまでです」

影の小さな腕を掴んだのは、点滴台を引きずり、いそいでやってきた吉川君だった。

すかさず那美や児玉さんたちおばちゃま霊も現れて、二人の周りを取り囲む。

「現行犯逮捕よ。犯人は柚子《ゆず》ちゃんだったのね」

「逃がさないから」

凄んで見せても相手には聞こえていないし見えてもいないのだが、それでも時代劇の御奉行様やらアニメの少女戦士やらハリウッド映画女スパイ風と、それぞれの好みに応じた決めポーズをとってみせるおばちゃま霊たち。その雰囲気に小さな女の子が怯えている。

その子は前に那美が非常階段のところですれ違った、入院患者だった。

小児病棟に喘息で入院中の柚子ちゃんという。

霊能者でもない柚子ちゃんに、おばちゃま霊たちは見えない。彼女は自分の腕を掴んでいる吉川君を見て顔をひきつらせた。

「や、やだっ、離してっ」

泣きそうになって暴れる。それを見て彼女の危機だと思ったのだろうか。

あの犬の霊が現れた。

少女の背後に伸びた影の中から湧きだすように白い姿が現れて、腕を掴んだまま逃がすまいとしている吉川君やおばちゃま霊たちに牙をむく。

「わん、わん、わんっ……！」

激しく威嚇する犬霊は柚子ちゃんがいるからか巨大化はせず、ただ、柚子ちゃんから離れろとばかりに吠えている。

「やっぱり現れたわね」

「その場を物理的に散らかしたのは人間である柚子ちゃん。そこで待ち構えてやってきた人を脅したのはお化け犬。一連の事件は分業体制で行われたものだったのよ」

現れた本命の姿に、おばちゃま霊たちが胸を張ってドヤ顔をする。

その横では吉川君が必死だ。

「痛っ、頼むから暴れないでください、人が来るっ。僕は怪しい者じゃありません。少し話すだけで何もしませんからっ」

幽霊を見ることも声を聞くこともできない柚子ちゃんが暴れるのを懸命になだめて目線を合わせると、吉川君が言った。

「今、ここに日本スピッツの霊がいますが、心当たりはありますか？」

「にほ、ん、すぴっつ……？」

「これくらいの大きさで白いふさふさの毛をした犬のことですよ。君のことを守っているみたいですが」

「……守ってる？　もしかして、ヨータ？」

心当たりがあったらしい。警戒心も露わだった柚子ちゃんが、暴れるのをやめる。

お化け犬の出現と、いたずら。

那美たちはそれらをいったん切り離して考えたのだ。

今までに荒らされたのは、看護師さんの使うカートや、洗面所の棚など。

それらは背の低い子どもの手が届く範囲にあるものばかりだった。そして最初の事件こそ小児病棟のある四階のスタッフステーション内で起こったが、あとの被害はその上下階、四階と三階に集中している。

これは四階にいる犯人が、ばれないように犯行場所をずらした結果では？

そして退路を確保するため非常階段に近い、ひと気のない場所を選んでいたのなら。カートを倒す時はわざわざスタッフステーションの横から移動させたくらいなのだ。

それらの情報をもとに児玉さんたちと手分けして小児病棟に張り込んだ。そして見つけたのがこの柚子ちゃんんだ。

彼女の不審な動きを確認して、自白を促すために現行犯逮捕することにした。

そして今日、柚子ちゃんが人目を忍んで病室を出たところで、那美が吉川君を呼びに行ったのだ。

　もちろん、幼女を取り押さえる役をさせられることになった吉川君は嫌がった。

「待ってください、成人男性である僕が小さな女の子を取り押さえたりしたら通報されますよっ。絶対しません。嫌です。謎解きはもうしたからいいじゃないですか」

「謎解きをしただけじゃ事件は解決しないじゃない。柚子ちゃんに直接会って、どうしてこんなことをするのか聞かないと」

「そうそう、それには言い逃れできないように現場を押さえないと。でも私たちじゃ人にさわれないし、声も聞かせられないのよ。どうやって捕まえればいいの。メンバーの中じゃあなたしか生身の人間いないでしょ」

「いつの間に何のメンバーにされたんですか、僕は」

「いい若い者がぐだぐだ言わない。協力しないと私たちが毎日交替で朝も昼も夜もつきまとって、そばでしくしく泣いてやるわよ」

　それは地味に嫌だ。

　吉川君も児玉さんたちの本気を悟ったのだろう。白旗を上げた。

「わかりました、捕まえて伝えればいいんでしょう。その子に伝えれば！」

　吉川君に捕まった柚子ちゃんは驚いていた。が、絶対に怒らないから少しお話しよう、と言うと観念したのか、おとなしく談話室までついてきた。

　犬幽霊のヨータも、柚子ちゃんがおとなしくなったことで吉川君や那美たちを敵と認識するのをやめたのだろう。尾をふりつつついてくる。

「誘拐犯と間違えられたくないから、絶対、他の人が来ないように見張っててください」

そう言う吉川君の目が本気で怖かった。

柚子ちゃんには視えないだろうけどと断って、そばに犬幽霊のヨータとおばちゃま霊たちがいることを吉川君が告げる。そして柚子ちゃんが一連の事件で悪戯をしていることを知っていると明かして、そのうえで聞いた。

「どうして、あんなことをしたのですか？　理由があるのでしょう？」

今のままでは何も進展しない。話してみませんか、と言うと、柚子ちゃんはしばしの逡巡のあと、ぽつりと言った。

「……あの日、幼稚園のお別れ会だったの」

それはたぶん、一回目の騒ぎの日のことだ。

話を聞いてみると、柚子ちゃんは幼稚園の年長さんだったそうだ。

あと少しで卒園だから最後に皆でお遊戯したり歌ったりしようと先生が言って、柚子ちゃんもピアニカの練習を頑張っていたそうだ。なのに持病の喘息が悪化した。病院に緊急搬送されてそのまま入院することになった。幼稚園もお休みしないといけなくなった。

それでも柚子ちゃんはすぐ退院できる、お別れ会には出られると思っていたそうだ。

「だけど、だめだったの」

卒園すれば違う小学校に通うから会えなくなる友達もいる。お別れ会にはママたちも来るから写真を撮ってもらえる。一緒に写ろうねと言っていたのに、一人だけ行けなくて。見舞いに来た母親が、組の皆からの寄せ書きを預かってきてくれたそうだ。

「ママのいるあいだは泣いたりしなかったの。がまんできたの。でも夜になったら、赤ちゃんの妹がいるからママも家に帰っちゃって、それでかなしくなって」

それでも柚子ちゃんは自分はお姉さんなんだからと頑張って歯を磨きに行ったそうだ。が、その帰りにスタッフステーションの横を通ると、翌朝配る、部屋ごとに仕分けした薬が置かれた棚が目に入ったのだとか。

毎日、飲まなければいけない薬。

幼稚園の他の子は飲んでないのに。

「どうして、わたしだけっておもったら、からだがかってにうごいてたの」

「中に入って、薬をばらまいていたのですか」

こくんと柚子ちゃんがうなずく。

ついやってしまったが、大変なことをしたことはわかっていた。あわてて逃げて、怒られると思って病室に戻ってふるえていた。

が、なぜか柚子ちゃんがやったとはばれずに、お化けの犬のせいになっていた。

「それで思ったの。もしお化けがでる病院だってママたちが聞いたら、こんなあぶないところにおいておけないって家に帰れるかもって。そうしたらもうお別れ会はおわっちゃったけど、卒園式や小学校の入学式にはでられるかもって」

柚子ちゃんはヨータが暴れるところは見ていなかった。

柚子ちゃんが去ったあとに、ヨータは現れて、その姿を人に見せたらしい。なので柚子ちゃんは散らばった薬を見た看護師さんたちが、勝手にお化けの仕業だと騒いでいると解釈していたようだ。

「だから、それからもいろいろなところを散らかしてみたの」

「こっそり夜になってから部屋を抜け出して？」

「こわかったけど、お化けは夜にでるものだから」

ごめんなさい、と柚子ちゃんが泣きそうな顔をして言った。

「ヨータはお母さんがかってた犬なの。でもわたしがせきがでるようになって、ヨータの毛がだめなんじゃないかって、北海道のおばあちゃんのところにもらわれていったの。そこで死んじゃった。私はよくおぼえてないけど、小さい時、私のおもりをしてくれてたって。お兄さんのつもりでいたみたいってママがいってた」

小さな柚子ちゃんがおもちゃを散らかしたりお漏らしをしたりして叱られていると飛んできて、違うよ、僕がやったんだよ、だから叱るなら僕だよ、と暴れてみせていたらしい。

「これね」

合点がいったように、おばちゃま霊の児玉さんが言った。

ヨータは生前、柚子ちゃんをかばうたびにきっと褒められたのだろう。飼い主である柚子ちゃんのママから、賢いね、いい子だね、と言われた。

賢いヨータは、柚子ちゃんが何かした時は自分が代わりにやったように騒いで見せれば褒められる、ママも柚子ちゃんも喜んでくれると学習してしまったのだ。

（そしてそれは幽霊になった今でもヨータの心に根付いている）

柚子ちゃんを守る。

それがきっとヨータの存在意義なのだ。

だから死んだあとも遠い北海道からここまで戻ってきた。ヨータはよその家にもらわれていっても、ずっと柚子ちゃんの家の子のつもりでいたのだ。

――柚子のことをお願いね、ヨータ。偉いね、ヨータ。

優しく頭を撫でる主人の手、にこにこ笑って手を伸ばしてくる小さな子ども。それが主に忠実な日本犬としてのヨータの全世界だった。

（ヨータは死んでも守ってるんだ）

懐かしい主人の言いつけを。託された小さな子どものことを。

涙が出てきた。

「……いい話ねえ。人を怖がらせたくて化けてたわけじゃなかったのね」

「うん。かばってたんだ。柚子ちゃんが何のためにそんないたずらしたかってことまでは犬だからわかってないみたいだけど、それでも柚子ちゃんのこと、守りたいと思って」

「方向性が間違ってるけど、相手をかばう愛は尊いわよねえ。叱れないわ、これは」

おばちゃま霊たちと吉川君も柚子ちゃんの横で尻尾を振っているヨータのことを怒るに

怒れず、困った顔をしている。

結局、騒ぎを解決するためには、柚子ちゃんがもういたずらをしないように諫《いさ》めるしかないようだ。

「柚子ちゃん。こんなことをしても退院はできませんよ」

吉川君が入院は必要があってすることで、今の柚子ちゃんの仕事は病気を治すことだと説明する。だが柚子ちゃんはこの件になると頑なだ。

「だってお母さんたちも先生もむずかしい顔するだけでなにもおしえてくれない、すぐよくなるってうそばっかり！　いつまでここにいなきゃいけないの？」

もしかしたら治らないんじゃと考えたら怖いのと柚子ちゃんが吐き出す。

それで病院内を熟知しているおばちゃま霊たちが納得した。

「なるほどねえ。説明不足ってやつね。親たちも病院の先生たちも、柚子ちゃんが子どもだから難しいことを言ってもわからないと思ってるのよ」

「たぶん、その担当の先生、親にはちゃんと言ってるはずよ。肝心の患者さんには伝わってないみたいだけど」

だから柚子ちゃんはわけがわからなくて怖いのか。夜に誰もいない病院を、違う階まで遠征して悪戯をしてしまうくらいに。

自分だけ知らされていないこと。何もわからないこと。

その不安は那美も実感した。

本当のことを教えたら傷つくかもしれない。そう思って事実を伝えず、あやふやにするのも優しさだろう。

だが周囲の不安そうな顔を見ながら、わけもわからず闘病生活を繰り返すのはきつい。子どもは大人が思うほど鈍くない。大人以上に聡いところだってあるのだ。

とにかく原因はわかった。解決策も。

柚子ちゃんの心のケアをすればいいのだ。

「僕が付き添いますよ」

嫌がっていた割には柚子ちゃんの前に膝を落として目線を合わせながら、吉川君が言った。

「看護師さんと、担当のお医者さんに話しましょう。本当のことを教えてほしいと。ですからあなたも。もし希望とは違う結果を聞かされたとしても、怒ったりはしないこと。受け入れて、よりよいほうを目指すことを約束してください」

相手が子どもだからと上から目線にはならず、幼児言葉も使わず対等に。きちんと話す彼の姿勢は見ている那美にも好感が持てた。面と向かって話している柚子ちゃんならなおさらだろう。

彼女は少しためらったあと、吉川君の顔を見て、こくりとうなずいた。

「うん。やくそくする。だからおねがい。一人じゃこわいから。いっしょに先生とはなして」

真摯な目で、はっきりと言う。

「そのかわり、もうこんなことしない。薬のむのも一人でベッドにいるのもがんばるから」

小さな女の子が言うには覚悟のいるセリフだと思う。

そして彼女からこんな言葉を引き出した吉川君はすごいと思った。

「もしかして吉川君って学校の先生とかかしら」

「子どもの扱いに慣れてるみたいだから、保育士さんかもしれないわね」

人生の大先輩である児玉さんたちも感心したように言っている。

そうして。

吉川君が付き添って、柚子ちゃんは両親とともに医師の説明を受けることになった。

柚子ちゃんはもう少し安静が必要で、残念ながら卒園式までに退院するのは無理だそうだ。

が、薬を飲んで頑張れば、一時帰宅という形で小学校の入学式は出られそうだとか。あとは半月もあれば送迎付きという条件で学校にも通えるようになるらしい。

「今、きちんと治しておかないと、またぶりかえしてつらい目に遭うことになるからね」

吉川君の要請を受けたお医者さんは、まだ新米さんらしかった。だからだろうか。小さな子どもを相手に少し話し難そうにしながらも、それでも真摯に話してくれた。

その心は柚子ちゃんにも伝わったようだ。

まだ六歳の子どもからすると過酷な事実だ。それでも図説付きの医学書なども見せられ、丁寧に説明されたことで、柚子ちゃんも納得できたらしい。

そしてはっきりと目標を見つけることでおとなしく療養に励むことができるようになった。

説明を受ける間、片手で母親の手を、もう片方の手で吉川君の手を握り締めていた柚子ちゃんは、説明が終わると言った。

「おにいちゃん、ありがとう。ナミのおねえちゃんやおばちゃまたちにもありがとうございましたってつたえて」

犬のヨータのほうは、柚子ちゃんが療養に励んでいる間に、たとえ柚子ちゃんを守るためでもしていいことと悪いことを覚えて、立派な守護霊になれるよう、病院幽霊たちで協力することにしたそうだ。

「幸いというか、一月前、救急で運び込まれた患者さんの中に、現役のドッグトレーナーの子がいてねえ」

にこにこ顔の児玉さんの後ろで、どうも、とポニーテールの女の子がぺこりと頭を下げる。運び込まれたものの、打ち所が悪くて幽霊の仲間入りをしてしまっていたらしい。

「こんなことになったのは何とか受け入れたけど、もう動物と触れあえないのかと思うと悲しくて。そのせいかあの世ってところにも行けなくてぐずぐずしてたから、することができて嬉しいです」

ヨータを一人前にすることができたら、彼女もすっきりして、行くべきところに行けそうだ、とのことだ。彼女的にもよかった。

「褒められていることがわかって、きちんとそれを覚えて反復できるってことは、ヨータはかなり頭のいい子ですよ。だから私が必ずこの子を立派な守護霊にしてみせます。柚子ちゃんと一緒に退院できるように」

これが私のこの世での最期の仕事になりますからと、彼女は気合を入れていた。

その様子を見て、なぜか吉川君は暗い顔をしていたけれど。

（どうしてそんな顔してるの？）

那美は首を傾げた。

でも、とにかく、これで一連のお化け犬騒ぎは解決したのだ。

柚子ちゃんが「ごめんなさい」と看護師たちや皆に謝って、ドッグトレーナーのお姉さん霊がヨータと路線バスに便乗して、以前の勤務先である犬の幼稚園へ向かったのを見送って。

那美は温かい気持ちになって、病棟に戻ってきた。

なごやかに尾をふりつつ出かけて行ったヨータの様子を教えてあげようと吉川君の病室に行くと、ベッドが片付けられていた。

シーツの類は取り外され、なんと吉川君も私服姿になっている。

細身のジーンズに、カットソーとダウンを重ねた、カジュアルな外出着だ。今まで和男子なイメージだっただけに、ギャップがすごい。

「え、どうしたの。どうしてそんな格好？」

「言っていませんでしたか。僕、今日、退院するんです」

「聞いてないいっ。何それ」

「何度も言いましたよ。もう手術も終わって退院間際だと」

そういえばそうだった。だけど、

「……じ、じゃあ、私たち病院幽霊との交流は」

「これまでということで」

おそるおそる言った那美に、彼が清々しい笑顔を見せる。初めて見せた笑顔が別れの笑みとはどこまでツンだ。

「うそ。今日から一人でどうしろって言うの」

取り残されることになった那美は頭を抱えた。

実は。せっかく仲良くなったのに、おばちゃま霊の児玉さんたちは、

「ごめんなさいねえ、柚子ちゃん見てたら里心がついちゃって。離れて暮らしてるひ孫たちの顔を見てくるわ」

「ほほ、私も。向こうはとっくの昔に死んだ私のことは知らないけど。半月ほどしたら戻るから。お土産は買ってこられないけど、かわりにいろいろ外の話を仕入れてきてあげる」

とか言いつつ病院から出て行ってしまったのだ。

にぎやかな児玉さんたちが帰省中となると、夜の病院に残るのは意思の疎通ができない浮遊霊ばかりだ。スプラッタな外観やうつろな目が怖すぎる。

（嘘でしょう？　このうえ吉川君までいなくなるなんて）

彼の枕元に押しかけることができなくても、同じ屋根の下に意思の疎通ができる人がいる。それだけが那美の精神安定剤だったのに。

死活問題だ。

「わ、私も行く」

せめて魂の緒がぎりぎりのところまで見送ろうと、那美は彼のあとを追った。いざとなればドアをすり抜けて車外に逃げればいいと、タクシーに乗り込もうとしている吉川君の隣にすべり込む。

「うわ、どうしてくるんですかっ」

彼はいつものように怒ったが、運転手さんの目があるからかすぐおとなしくなった。小声で言ってくる。

「……どうしてもというなら止めませんけど。家に帰る前に職場に寄りますよ」

「職場？　あ、務め人だったの。退院した日にさっそく復帰の挨拶？　大変ね」

「それもありますけど。職場から救急車で搬送されてそのまま入院だったので、通勤用の原付とかをあちらに置いたままなんですよ。家の鍵も預けていますし」

行けるところまでついていくと言うと、凄まれた。

「後悔、しませんね」

「どうして後悔するの」

意外なことに、吉川君は帰れとは言わなかった。

さすがのツンな彼もヨータやおばちゃま霊と触れあって、少しは性格が丸くなったのか。

那美はほっと一息ついて車のシートに身を落ちつけた。久しぶりの外出だ。少しどきどきする。

吉川君の職場とはどんなところだろう。

(礼儀作法のきっちりした和男児だし、着物屋さんとか、旅館の人とか？)

大阪平野を見下ろす山手のこの辺りには、温泉もホテルもある。

(でも犬に詳しかったし、ペットショップの店員さんというのもあり得るよね)

職場は市内だというが、どこまでついて行けるだろう。

魂の緒の具合を見つつ窓の外を眺めていると、タクシーは病院の敷地を越え、国道に出る。みるみる病院が後ろに消えて行く。

「え？　私、こんなところまで出られるの？」

ふり返るが、意志をはっきり持っているからか、魂の緒も健在だ。

(なんだ、だったら児玉さんたちについていけばよかった)

児玉さんたちも那美のような幽体離脱した本体持ちは初めてで、どう扱えばいいかわからず、「あぶないから、那美ちゃんは病院にいなさい」と、お留守番扱いにしていたのだ。

だから病院の敷地から出るのは無理かと思っていた。意外と大丈夫らしい。

安心してドライブを楽しむことにする。子どもっぽいと自分でも思うが、病院から出られないと思い込んでいた分、外界の景色を見るのが楽しくてしかたがない。

「よく言う娑婆《しゃば》に出るってこんな感じ？　やだ、郵便バイクが走ってる。う、買い物帰りのママさんとか中学生たちとか愛おしくてたまらない……」

ついつい窓に張り付いてしまう。透ける幽体が窓にくっついていればドン引きされるだろうが幸いこちらの姿は人には見えない。

なごやかな住宅街をいくと、桜並木に出た。

「あ、もう咲きかけてる」

階段から落ちる前に見た時は、まだ硬かった蕾がふくらんで、優しい桜色の花弁を見せるようになっている。花開くのも時間の問題だろう。

（そうか、幽体になってもうそれだけ経ったのか……）

冷蔵庫の中身はもうあきらめたが、早く復帰しないと仕事だってたまってしまう。母だって心配してまた田舎から出てくるかもしれない。そうなる前に戻りたい。

しみじみと感慨にふける間にもトンネルを抜けて、山が見えたなと思ったら到着だ。

初めて見る吉川君の職場に、那美は目を丸くした。

「こ、ここって……」

そこは大阪平野を見下ろす、なだらかな山の中腹だった。周囲は緑がいっぱいで、どこからともなく風流な鶯《うぐいす》の声が聞こえてくる。

そして漂う、少し身の引き締まる高雅なお香の香り。

何より、停まったタクシーの向こうにそびえる瓦《かわら》ぶきの重厚な山門に、大甍《おおいらか》。厳粛な雰囲気の漂う墓石の群れ。

「うそ、ここって何？　職場って、職場ってまさかここが？」

どこから見ても、寺、だ。

病院以上の心霊スポットでもある。

料金を受け取り帰っていくタクシーを見送りながら、しれっとした顔で吉川君が言う。

「言っていませんでした？　僕は僧職なんです」

「え、だ、だって吉川君、髪もあるし」

「うちの宗派は理由があれば有髪も許されているんですよ。カルテには職業も書いてありましたから、看護師さんたちは知ってましたけど、聞かなかったんですか」

「聞いてないいいいいい」

いや、確かにこの年齢で妙に落ち着いた人だなとは思っていたが。

(あのオカルト好きの橘さんが生霊とか言っても信じてくれたのはこのせい？)

霊的職業の人だと知っていたから、非現実的なことを言われても信じたのだ。

そのうえ、さらなる衝撃が那美を襲った。

茫然と立っていると、わふわふと息を荒らげながら巨大な毛の塊たちが駆けてきたのだ。

「な、何、これ……」

犬、だ。

正式には、大型犬の群れ。

レトリバーにシェパードに、シベリアンハスキーに。人なつこい大型犬たちが、ヨータの一件で少し犬には及び腰になっている那美に飛びついてくる。

しかも那美は幽体だから相手はすり抜けてしまうはずなのに、なぜか彼らは那美に触れることができた。のしかかってくる巨体に押しつぶされる。

「ぐふうう、な、ど、どうして？」

もふもふまみれになりながら、顔を上げる。那美にのしかかってわふわふいっている犬たち、それに少し離れた塀の上からのんびりこちらを見ている猫たち。

のどかな光景だ。

が、皆、どこか足取りがふわふわしている。密度も薄い。

というか、あの猫、宙に浮いている。透けている。これはもしや、もしかして。

「……幽霊？」

だとしても霊同士でも互いに触れられるのは霊格の高いものだけ。

それが幽体離脱中の那美の特徴だったはずだ。

なのに堂々と那美にのしかかってくる、密度が薄いくせにしっかりとした手ごたえのあるこの重みは。

「うそ、この子たちどうして私にさわれるの？　児玉さんたちでも無理だったのに？」

「ここの寺には動物霊園も併設しているんですよ。つまり動物のお寺さんです。そしてここにいる動物霊たちは飼い主に深く愛され、手厚く供養された素直な子ばかり。そのうえ日々ここで経を聞き、功徳を積んでいて。つまり犬猫とはいえ霊力を得て、他の幽体に触れられるだけの力を授かっているらしいのです。御仏の力は素晴らしいですね」

淡々と言っているが、吉川君は僧侶として、主に動物たちの供養を担当しているそうだ。

那美はペット葬というものを初めて知った。

ここは専属の僧侶が二十四時間常駐していて、頼めばきちんと葬儀や供養をしてくれるらしい。

「もちろん、そちらの木立を隔てた向こうには人のための墓地もありますよ。大往生なさったあと、まだ現世にとどまっておられる仏様方もおられます」

流れるような吉川君の口調につられて、つい見てしまった人間用の墓地。墓石の間から、「ども」と、手をふって、おじさんの霊が挨拶してくる。

（……手、ふらなくていいから）

右を見ても左を見ても幽霊だらけ。

那美は完全に固まった。

「那美さん、確か児玉さんたち以外の幽霊はまだ怖いんでしたよね？」

追い打ちをかけるように、吉川君が爽やかに微笑む。

いつもツンで仏頂面の彼が見せた、貴重な笑みだ。

だが。

（……二度目に見せてくれた笑顔が、こんな爽やかで悪そうな笑みなんて）

本当に僧職なの、あなた？　と突っ込みたくなった。

彼は全然、丸くなってなどいなかった。那美を驚愕の淵に突き落とすために、あえて黙っていただけだったのだ。

何度も言うが、寺といえば病院や廃墟、学校と並ぶ心霊スポットだ。

昼でこれなら、夜になるともっとすごいだろう。

しかも吉川君が満面の笑みで言う。

「当然ながらここには僕の他にも住職や僧侶たちがいます。寺、お坊さんとなると、幽体の那美さんには天敵ですね。ここにいては祓われてしまうかもしれませんね」

それは嫌だ。

そもそも祓われたりしたらまずいと、病院のお化け犬騒ぎでも解決に向けて立ち上がった那美だ。それが僧侶について寺に出入りするのは非常にまずい。

きっとそのことは吉川君にもわかっている。わかって言っている。

嫌がっているのに柚子ちゃんの捕獲役を押し付けたことへの意趣返しのつもりだろう。

だが幽霊が怖いうえに人との会話に飢えている那美に、吉川君から離れて児玉さんたちまでいない病院に戻るという選択肢はなくて。

「お、吉川君じゃないか、退院できたのか」

「よかったな、もう大丈夫か？」

那美が悩む間にも、吉川君の姿を認めた霊園のスタッフらしき人たちが集まってくる。彼はここでも人望があるようだ。

吉川君が笑顔を作って同僚たちのほうをふり返る。そのまま行ってしまいそうになる。

彼は赤の他人だ。

だからこれは当然の態度だ。

おせっかいなおばちゃま霊の児玉さんのように親身な扱いを期待するほうが間違っている。

だがそれでも今の那美は人が恋しい。

悔しさを押し殺して吉川君のあとを追う。

「こ、の、いじめっ子……！」

那美の悲痛な声がのどかな春の御山にこだました。

それを見て高らかに吉川君が笑う。

彼が初めて見せた声を出しての笑顔は、悔しいが、憎らしいほどに清々しくイケメンだった。

第二話

あったかご飯が目に染みる

ふわりふわりと薄紅の花弁がおぼろにかすんだ空を舞う。

大阪平野を眼下に望む高台から見えるのは、柔らかな新緑の萌える山肌と、寺の境内に植わった見事な枝垂桜《しだれざくら》に、ソメイヨシノ、山桜。

「……やはりここは落ち着きますね」

宝殿《ほうでん》動物霊園に在籍する僧、吉川孝信《こうしん》はゆっくりと身を起こした。

慰霊碑に合わせていた手をとくと、のどかな春風に吹かれながら感慨深げに萌える緑に染まった山腹を眺める。

世俗のあれこれで胃を痛めて入院してから、ひと月。ようやく健康を取り戻し、ここに戻ってこられた。

生まれつき霊力が高く、いろいろなものが視えてしまう孝信は、世俗の世界では生きにくい。なのでこの世界に入ったが、それでも人からの、自分たちとは違うものへと向ける忌避《きひ》感は変わらない。僧籍を得たことで、「僧であれば何か視えても不思議ではないかも」というお墨付きを得たのか、周りの目も少しはましになったとはいえ、人間社会で生きていく以上、霊など信じないという人たちと接することは避けられない。

それに、もう一つの悩みは、僧侶になったからといってどうしようもないもので。

(いっそ御山にこもってしまえば迷いも去るのだろうか)

いや、それはそれで逃げのような気がしてふんぎりがつかない。

ぼんやりと山の緑を眺めていると、足にすり寄る感触がする。

「なーう」

寺に住み着いている茶ぶち猫のなーさんだ。短い尾をぴんとたてた体が温かい。石垣の上で日向ぼっこでもしていたのだろうか。

ふかふかの真っ白な四肢に、おでこや背についた茶色のブチ。参拝客にたっぷりおやつをもらい、可愛がってもらっているからか、丸々と太った体が愛くるしい。

元気のない孝信を慰めてくれているのか、腹を足にこすりつけて背を掻いてくれとねだってくる。

「ひさしぶりですね、なーさんも。まだ時刻が早くて参拝客の方もいないですから、寂しいですか」

身をかがめてよしよしと撫でてやる。この猫は幽霊ではなく、ちゃんと生身の体を持つ猫だ。霊園には生きた動物たちもたくさんいる。

ゴロゴロと喉を鳴らしつつ掌に頭をこすりつけてくるなーさんは、少し図々しいところがたまらなく愛らしい、この霊園のマスコット猫だ。人見知りをしないので、参拝に来る皆に可愛がられている。

しっかり体重がある猫だから、足にすり寄られると体当たりをされているようで少しよろめいてしまう。が、それすらもなーさんの魅力に思えて目尻が下がってしまうから、可愛いもふもふは存在自体が罪だと思う。

「駄目ですよ、これ以上は。僧衣に毛がついてしまいますから」

しゃがみこんだ孝信の膝に登ってこようとする、小さな脚を押しとどめる。

「抱き上げて思う存分、なーさんが満足するまで撫でてあげたいのはやまやまですが、夕方までの当直は僕だけですから」

ここ、宝殿動物霊園は宗教法人中輪寺《ちゅうりんじ》に属する霊園だ。二十四時間、年中無休で葬儀の受付を行っている。

生き物の死は時間や曜日を選んでくれない。落ち着いて家で通夜を行い、葬儀の予約を入れてからやってくる喪主たちもいるが、〝家族〟を失った悲しみの只中でも、「ペットが死んだから」という理由では仕事を休めない喪主もいる。そういった人たちがいつでも駆け込めるように門戸を開いているのだ。他に四人在籍する僧と交替でシフトを組み、いつでも呼び出しに応じられるようにしている。

「それに、今日はもしかしたらあちらから応援を頼まれるかもしれませんから」

あちらとは人間用のお寺である中輪寺のこと。こちらの霊園と違い、寺には寝泊まりできる庫裡《くり》があり、住職もいる。が、突然の祈禱の申し込みや法要が重なったりと、人手が足りなくなった時には裏方の手伝いに呼ばれることもある。

さすがに人間相手のお寺に毛だらけの衣で赴くわけにはいかない。替えの僧衣は用意しているが、こうしている今も急な法要が入るかもしれず、当直中はいつ人前に出てもいいよう身だしなみを整えておく必要があるのだ。

なので、なーさんにかまってやれない。そのことが心苦しく、同時に、この小さな存在に名残惜しい顔をされると、自分が必要とされていることを実感できて心がほころぶ。

「……僕もまだまだ未熟ですね。こういう時間が未練で、未だ野にあるとわかっているのですが」

最後とばかりになーさんを撫でまわしてなごんでいた時だった。

「あ、吉川君、ごめん、避けて、避けてーー！」

悲鳴じみた声が聞こえて、ぞわりと背筋を逆撫でされた感触がする。

「え」

ふり向こうとしたとたんに、孝信の胸から人間の腕が生えた。

「……っ！」

あわてて飛びのくが時すでに遅し。

孝信の体を突き抜けて現れたのは、ひょんなことから面識を得てしまった、幽体離脱霊の那美さんだ。

「うわあ、どこから出て来るんですっ」

あいかわらず霊に体の中を通過される感触には慣れない。たってしまった鳥肌をさすりつつ苦情を言う。

「いきなり体をすり抜けて現れるのはやめてくださいと言っているでしょう」

「ごめん、とっさに止まれなくて。ここ数年、運動不足で久しぶりに走ったからか、幽体だけど足がつりかけて」

言いつつ、那美が孝信の前に回り込んでくる。

一度その存在を意識してしまうと、視える人である孝信は彼女を無視できなくなる。霊力の高さが災いして、こちらから触れるのはもちろん、あちらからもべたべたさわられる羽目になるのだ。

あわてて身を引く。

「僧侶に不躾《ぶしつけ》に触れるのはやめてくださいと、何度言えばわかるんですっ」

「だから、ごめん、って。この子たちが追いかけてくるから」

「追いかけてってっていったい……」

怪訝に思ってふり向いた時だった。

「わふわふわふっ」

「うわあっ」

普段はその存在を意識しないように気をつけている、霊園在住の犬幽霊たちをまともに見てしまった。何度も言うが、孝信はその存在を認識してしまうと無視できなくなる。

(もう駄目だ……)

この犬霊たちも、孝信に触れることが可能になってしまった。

そしてそのことは野生の勘でわかるのだろう。犬霊たちの先頭にいる超大型犬、セントバーナードのアンディ君の目がきらりと光る。

「う」

しかもアンディ君の背後には他にもレトリバー、アフガンハウンドの大型犬が二匹、柴犬、プードル、コーギー、ブルドッグ、ボーダー・コリーの中型犬が五匹もいて。

（どうしてうちの霊園にはこんなに犬霊が残ってるんですっ）

通常、人も犬も死してのちは自然とあの世へと旅立っていく。

なのに居心地がいいのか、特に何かへの恨みもないようなのに、ここでは犬たちの霊魂が大量に居座って群れをつくっているのだ。

顔を引きつらせる孝信に向かって、ずい、と先頭のアンディ君が歩を進める。霊体で質量がないのに、太い足がずうんと地面を振動させた気がした。

「ま、待ちましょう。落ち着いて、聞いてほしいことがあるなら順番に……」

期待に目を輝かせた犬たちを説得しようとするが、無駄だった。手を伸ばし、身をかがめた不安定な体勢のままの孝信に、正面から大型犬たちがジャンプしてくる。

「なっ、わっ、だからその体で飛びついてこないでくださいっ」

圧倒的な重量感と、もふもふ感。

孝信はあっという間に毛玉に埋もれて、押し倒されてしまった。

（くっ、自分たちの大きさと重さを考えてほしいっ）

しかも隙間を埋めるように他の中型犬や小型犬たちも寄って来て。

もはや「もふもふはなごむ」などとのんきなことを考えている場合ではない。

真剣に背骨が折れて窒息するかと思った。

孝信がじたばたもがきながら犬たちを押しのけていると、ちゃっかり離れた場所に移動した幽体の那美さんが、目を丸くしている。

「うわあ。もふもふも一体なら可愛いけどこれだけ集まると壮観」

「……那美さん、僕を生贄《いけにえ》にして一人だけ逃げましたね」

「何のこと？」

そっぽを向いてとぼけるところが白々しい。

「世間との軋轢《あつれき》を生みますから、僕が視たり触れたりできるのは秘密だと言っているでしょう。なのに職場でこんなことをされたら誰が見てるかわからないじゃないですかっ」

寺社関係者は霊の話題には敏感だ。それでいて、その存在を信じない者もいる。

前に在籍していた寺ではこれで人間関係を失敗した。幽霊が視えるなどと僧侶でありながら虚言を弄するとは何事かと陰口をたたかれ、出て行かざるを得ない状況になった。

器の大きいここの住職が、それでもいい、と手を伸べてくれて、ようやく居場所ができたのだ。

「なのに着任早々、今までにたまった気疲れで、胃潰瘍で入院などという羽目になって皆さんに迷惑をかけて、それでもようやく復帰できたところだというのに……」

こんな未熟な自分を受け入れてくれた懐深い人たちに、これ以上迷惑はかけたくない。

「だからここでは霊たちとも目を合わせないようにして、今度こそ良好な人間関係を築いていこうと思っていたのに。あなたのおかげでぱあじゃないですかっ」

「そう言うけど無駄と思うよ？　この子たち、あなたが視える人だって感づいてたし」

「なっ」

「今までずっと避けられて寂しかったっていうか、一緒に遊ぶ隙を狙ってたみたい。だからいずれはこうなる運命だったとあきらめて相手してあげたほうがいいんじゃないかな？　一通り遊んで元気を発散したらおとなしくなると思うし」

大真面目な顔で提案してくる那美に、孝信は切れた。

最初の頃はあまりにも心細そうな顔をしていたから放っておけず、少しだけのつもりで手を貸した。その後、なつかれても困ると思って、自分が僧侶であることを明かした。なのにこの人はそばに居ついている。

（あなたは幽霊が怖いんじゃなかったんですか。なのに寺に入り浸りになって、犬霊たちの気持ちまで代弁してくるなんてなじみすぎでしょう。何を考えているんですっ）

突っ込みたい。そのうえ、

（この人といると僕の周りにまでどんどん霊が増えていく……）

アンディ君にバフバフと荒い息を吹きかけられ、頬をなめられながら思う。

病院でもそうだった。いつの間にか病院幽霊たちの相談持ち込み窓口にされて、彼らの仲間扱いをされるようになった。

駄目だ。これ以上、自分のテリトリーへの侵入を許しては・・・・・・。絶対、後悔することになる。

何しろ彼女も犬たちも通常の存在ではなく、いずれはあるべきところへ還る霊体なのだ。

だから……。

「僕の平穏を乱さないでくださいっっ」

孝信は大声で言うと、犬霊ともども那美を追い払った。

◇◆◇　◇◆◇　◇◆◇

「あーあ、追い払われちゃった。あれは当分、機嫌が直りそうにないなあ」

吉川君に追い払われた那美は、背後をふり返りつつ、寺の境内へと犬たちを誘う。これ以上、刺激しては彼がまた胃を痛めて倒れてしまう。

「でも、吉川君って動物相手のお坊さんのくせして、お前たちまで追い払うなんてひどいよね。生きた猫には親切なのに。誰も見てる人がいない時くらい、幽霊の相手をしてくれたっていいのに」

「ワン、ワン、ワン！」

「ばふばふっ！」

でしょうでしょう、と大量の犬霊たちが吠えて那美に訴えてくる。

「わかった、わかった、だけどお前たちも悪いよ？　相手してもらえないからって吉川君に忍び寄って、飛びつく隙を狙うのはよくないから。私が止めなかったら本当にやってたでしょ。あれ、急にやられると骨折るよ？　吉川君は私たちと違って生身の体なんだから怪我するからね？　そしたらまた入院してここに来られなくなるからね？」

「ワフ〜ン……」

「あー、もう、そんなに耳伏せて落ち込まなくていいから。悪気はなかったんだよね、吉川君が大好きで一緒に遊びたかっただけだよね。大丈夫。吉川君は悪いのはお前たちじゃなくて先にちょっかい出した私だと思ってるからお前たちのことを嫌いになんかなってないから。ただ、吉川君はお仕事があるからこれからは遊びたかったら私と遊ぶこと。いい？」

「ワン！」

　さっきまで元気なくうなだれていた犬たちが、遊ぶ約束をした途端に顔を上げ、尾を千切れるほどにふって那美の周りを駆けまわる。ついでにぴょんと飛び上がって頬をなめられた。べたべたするが幽体離脱して以来、確かな感触に飢えている那美としては温かな接触がたまらない。

　幼い頃、那美は父親がアレルギーで動物を飼うことができなかった。家を出てからも賃貸暮らしで無理だったから、今のこの状況は至福といっていい。

(まさか幽体離脱したおかげで多頭飼いの真似が叶うとは。しかもお互い幽体でも相手の霊格が高くてもふもふ毛皮にさわり放題なんて)

　最高か。

　人と犬と種が違ってもお互いなんとか意思の疎通ができるのは、同じ霊同士だからか、それとも他にすることがなく暇で、相手の仕草や目の動きをじっくり見るからか。

　こちらを見つめる、期待に満ちた眼差し。

　犬たちが全身で、遊んで、とねだっている。何だ、この愛らしさは。さっきまで落ち込んでいたのに現金というか、素直というか。

「やだ、犬ってこんなに可愛い生き物なの？　吉川君の気持ちもわかる。こんな犬たち、まともに見たら放っておけないいっ。でもたかってこられたら仕事にならないし。なつかれないように冷たくあたるしかないよ。彼もつらかったんだろうなあ」

　さっき見た、猫のなーさんを撫でる彼の目を見れば、ツンツンしていても彼が動物好きであることはわかる。

（あー、そんな彼の前で能天気に遊んでいるふうに見せた私ってかなり印象悪いよね）

　那美は落ち込んだ。

　実はさっきの〝体通り抜け事件〟は、吉川君に突進する犬たちを止めようとして失敗した結果だ。

　犬の勢いに押されて後退したところで、いつもの癖でパンプスを履いていることを意識してしまい、「つま先が石畳の隙間に引っかかるっ」と、幽体であれば物には触れられない原則を忘れて足をもつれさせ、勢い余って吉川君に激突してしまったのだ。

（吉川君が体を通り抜けられるのは嫌いってのは知ってたけど、とっさに方向を変えられなかったのよね……）

こうなってはしかたがないと開き直り、犬の行為をごまかすために〝私がはしゃいで鬼ごっこをしていてあなたを巻き込みました〟風を演じてみたが。

「いくら急でも、もっと言葉を選べばよかった。こう、不可抗力的な、誰も悪くない感じに」

ただでさえ面倒を持ち込む幽体だと煙たがられているのだ。さらに軽蔑されたら困る。

彼は那美と意思の疎通ができる、唯一の生きた人間だ。嫌われたくはない。動物好きの彼のことだから、本当のところを話せば許してくれるかもしれない。が、那美は口下手な自覚がある。やはり話さないほうがいいだろう。

(いずれ元の体に戻ってなくなる私と違って犬霊たちはこれからも吉川君と一緒にここにいる。私より、この子たちの好感度のほうが大切だよね)

潔く、泥は自分がかぶろう。

「さ、てことで遊ぼうか。で、皆、とっとと体力使い果たそう。つかれてグーグー寝ちゃえるように頑張ろう」

また抑えきれず、吉川君に犬たちが襲いかかる事態は避けなくてはならない。

那美は四苦八苦しながら犬たちに、「ステイ!」「ストップ! 待て!」と、聞きかじりの命令を教えながら、遊び場を探してお隣の寺の境内を行く。

動物霊園は人の墓地と違って墓石が低い。那美の膝くらいまでの石が多い。そこに愛猫や愛犬の名前や写真を埋め込んであるのだが、全体の背が低いので陽がよくあたる。そのせいか重苦しい感じはせず、四角い墓地の区画が迷路のようで歩くだけで楽しい。

が、さすがに墓石の周りで追いかけっこをするのはためらわれる。

その点、こちらの人間用のお寺は境内に庭園があり、鯉の泳ぐ池や、散策路のようなお堂を回るコースがあったりして、散歩にちょうどいい。

何より山肌を利用した庭園は高低差がある。生前の生活習慣を引きずった犬霊たちは律儀に四本の脚で駆け上がるので体力をかなり消費できる。使わない手はない。

それだけではない。山中に設けられた寺だけに、風景は起伏に富んでいて、かつ、広い。居るだけで気持ちがいいというか、心が洗われる心地がするのだ。

犬霊たちもこの環境が気に入って、居ついてるのかもしれない。

街中の住宅事情では外で好きな時に走り回るのは無理だ。大好きな飼い主と一緒に暮らせても、人は生きていればやるべきことができる。学校もあれば仕事もある。犬たちと一日中、遊んであげられるわけではない。

人間たちが出かけている間、犬は無人の部屋やケージの中でお留守番だ。

賢い彼らはなんとなく人の事情を理解してはいるだろう。が、それでも寂しかったのではないかと思う。

(それでこうして現世に残って、たまったストレスを発散してるのかもしれない)

身も心も軽くして、幽世《かくりよ》という、魂のあるべきところへ還るために。

「ワンワン!」

考え事をして足を止めた那美の服を、せかすようにテリアのナルちゃんが引っ張る。

「あ、ごめんごめん、相手してる途中だったね。えっとね、追いかけっこはもう少し休んでからね。お前たちの飼い主さんがどんな人だったか知らないけど、私、アラサーだから。体力が続かないの。ごめんね」

霊体はつかれたりしないはずなのに、死後も本能のままに動く犬たちと一緒にいて感化されたのか、那美も最近は体を動かすとへとへとになるのだ。こういう時、幽体で物にさわれないのが痛い。ボールを投げて「とってこーい」と言えばすむ、比較的楽な遊びができない。

「ここの散策道をぐるっと二周ほど回ったら、もう一回、慰霊碑前の広場に行って鬼ごっこしようか。その頃ならもう吉川君もあそこにいないと思うし」

それだけ運動をさせれば犬たちもつかれて吉川君に迷惑はかけないだろう。

ここに来るようになって一週間。

那美はすっかり犬霊たちのお世話係になっていた――。


そして、それから二時間後。

那美は霊体の身で疲労困憊しながら根性で散歩と鬼ごっこを終わらせた。

ほどよく体力を使った犬たちは、それぞれお気に入りの場所でお昼寝に入ってくれた。

「ようやく一人になれた……」

那美が崩れるように木陰のベンチに座った時だった。

「ふふふ、やっと一人になってくれたね、那美ちゃん」

含み笑いと共に、怪しい影が那美の背後に現れた。

「おじさん、騒がしいの苦手だからさ。那美ちゃんだけになるのを待ってたんだ。うふふ、さあ二人だけでお話ししようか。僕、お友達ができて嬉しいな」

時と場合によっては完全にアウトな変態発言をしつつ顔を覗かせたのは、ちょっと貧相なおじさん幽霊の沼田《ぬまた》さんだ。

(……この人って年齢っていうか、時代不詳っていうか、何回見てもいつ葬られた人かわかんない)

彼が身に付けているのは、白い着物に三角の天冠という正統派幽霊装束だ。

この寺の人間用霊園は比較的新しく設営されたものだが、寺自体の起源は古い。なので、新しい霊園の隣には前からの檀家さん専用の墓地もある。

沼田さんはそこの住人だ。

本人曰く、葬式も終わって、ここに葬られてしばらくしてから幽霊としての意識が目覚めたとかで、気がつくと墓石の上に座っていたらしい。

「よくわかんないけど、仕事中にぽっくりいっちゃったみたいなんだ。だから自分が死んだ前後のことよく覚えてなくて。てへ」

ここへ来た初日に、墓石の陰から手をふっていたおじさん霊だが、吉川君が職場へ挨拶に行ってしまうと、もじもじしながら見つめてきたのだ。

放っておくのもなんだなとお辞儀をしたら、なつかれてしまった。

普段はいいが、つかれている時はちょっとうっとおしい。

沼田さんがおずおずと那美の隣に座ると、ほう、と息を吐く。

「はあ、なごむねえ。見ごたえあるでしょう？　ここの桜。ソメイヨシノは葉桜になっちゃってるけど、八重桜とかはまだまだ見頃だし」

「…………」

「ここはこの季節がやっぱり一番、気持ちがいいよ。こういう日は特に、ああ、ここに葬ってもらってよかったって思うんだ」

「…………」

「那美ちゃんもここに来るといいよ。ちょうど僕のお墓の近くが空いてるし、秋は紅葉で綺麗だよ」

「……どうして沼田さんってしょっちゅうこっちの動物霊園に来るんですか」

やっと一人になれてゆっくりできると思ったのに、間髪をいれずに次の幽霊の相手をすることになった那美は、つかれたジト目を沼田さんに向ける。

「だいたいお墓にくるといいよって、私、まだ死んでないんですけど。言いましたよね、幽体離脱してるだけですって」

「わかってるよお。元の体に戻ったあと、無事に死んじゃってからの話だよぉ。お墓の契約なんて生きてる間しかできないじゃない」

やだなあ、もう、と沼田さんは笑うが、那美が無事に死んでからの話とは縁起でもない。そもそも彼はいったいいつまで幽霊としてここに居座るつもりだろう。那美は元の体に戻れたら、そのまま九十、百歳まで生きてやるつもりだが。

沼田さんがにこにこしながら聞いてくる。

「そういや那美ちゃんって孝信君と暮らしてるんだよね。どう？　幽体新生活」

「どうって言われても……」

那美はため息をつくと、初めてここに来た日のことを思い出した。


——僧侶のくせに、悪魔のような吉川君に職場の種明かしをされたあと。

那美はさすがに寺にはいられないと、自宅に戻ることにしたのだ。

病院から離れても大丈夫とわかった。病院在住おばちゃま霊の児玉さんたちのおかげで扉や壁をすり抜ける技も今なら身に付けている。なら、自宅に戻っても支障はない。

なので、おっかなびっくり一人でバスに乗って帰ってみたのだが。二十四時間人がいた病院と違って、長らく無人だった那美の家は明かりがついていなかった。

カーテンも開けられず電気も点けられず、そのうえゴキブリまで出た。

幽体では殺虫剤にもさわれない。それどころか奴は翅《はね》を広げて那美に向かって飛んできたのだ。

「ぎゃあああ」

那美は絶叫すると壁を突き抜けて外へ出た。こんなところでは暮らせない。

だがどこへ行けばいいのか。病院へ戻っても仲良しのおばちゃま霊たちはいない。それで、

「同居させてっ」

と、吉川君の家に押しかけたのだ。

切羽詰まっていたとはいえ、以前の那美からは考えられない強引さだ。

彼の住所は病院にいた時にスタッフステーションのカルテで見た。オカルト好き看護師の橘さんが那美のカルテを見てくれた時に、「あれ？　如月さんのこの住所、吉川さんの家と近いんじゃ」と、首をかしげて吉川君のカルテを開いて確認したのだ。

個人情報って何？　と思いつつも、つい好奇心から、町名と、『メゾン宮の町』というアパートっぽい名前を覗き見したのだが、それが役に立った。

彼が住む宮の町はアパートやマンションが多い。少し迷ったがそれらしいところを片っ端から壁をすり抜けて覗いて回って、五軒目にしてようやく見つけた。

夜中に突然押しかけられた吉川君は、最初のうちこそ、

「うわ、どこから出てくるんです、あなたは」「だからってなんで僕の家に。出て行ってください！」

などと怒っていたが、病室でもそうだったが隣人には恵まれていないらしく、

ドン！

と、深夜の騒ぎに腹を立てた隣室から壁を叩かれて、観念したらしい。

「……もう今日は遅いですし、いていいですから。とにかく静かにしてください。お隣さんは朝が早いお人なんです」

一夜の滞在を許可してくれた。

で、そのまま那美はなし崩し的に吉川家に居候することになったのだ。

衣食住の住はこうして確保したが、昼間、アパートに一人でいるのも暇だ。かといって誰にも気づいてもらえないことを再確認しながら街をぶらつくのも寂しいものがある。

ということで、今の那美は、朝は早起きの吉川君と一緒に起きだすと病院までバスで行って本体の様子を確認。おばちゃま霊の児玉さんたちや犬幽霊のヨータ、トレーナーの女の子幽霊怜奈《れいな》ちゃんが帰ってきていないかを確かめて、オカルト好き看護師の橘さんに見えていないけど挨拶して、小児病棟に残っている柚子ちゃんが落ち込んでないかを確かめてから、またバスを乗り継いで有給休暇を消化中の職場に行く。

もちろん、那美が出社したところで何もできない。が、それでも自分の部署でトラブルなどが起こっていないかをチェックして、アパートに戻る。

そこからは吉川君のその日のシフトによるが、彼が昼からの当直なら彼の原付に同乗して一緒に出勤。彼が朝からのシフトですでに出勤していれば、那美は一人でぶらぶら歩いたりバスに乗ったりしながら霊園までやってくる。

そして彼の仕事中は霊園内を散策して時間をつぶし、勤務が終わると一緒にアパートへ帰るという、保護者と園児のような生活をしている。

「……って感じ。まあ、面倒見はいいよね、彼」

口ではいろいろ言いながらも、居ついた那美を追い出さずにいてくれる。

那美は沼田さんに新生活のあれこれを話しながら、吉川君がせっせとお手伝いしている事務所のほうを見る。

「これはこちらでいいですか、小林《こばやし》さん」

「ありがとうねえ、孝信君。助かるわあ」

彼は僧として勤務しているのに、売店のおばちゃんを手伝って土産物の入った段ボールを運んでいた。まめだ。

「そういえば、アパートに行った最初の夜は台所の隅に段ボール箱を出されたの。ここにいてくださいって。『捨て猫!?』って突っ込んだら、しぶしぶだけど押し入れの上段を空けてくれたけど。また、『猫型ロボット!?』って突っ込みたくなった」

「はは、吉川君らしいねえ」

「いきなり押しかけた私が悪いし、吉川君の１ＤＫのアパートに別室なんて贅沢なものはないけど、隅でいいから床に寝させてほしかったよ」

押し入れの中は暗くて狭くて怖いのだ。棺《ひつぎ》の中じみていて。

沼田さんがなだめ顔になって、含蓄《がんちく》あるっぽいことを言う。

「まあ、そう言わないで。那美ちゃんもお坊さんと一緒だと霊体の扱い方とかわかって安心でしょ。一人寂しいマンションに帰るよりはましだし。仕事にも行けないいんだから開き直って休暇をもらったと思って幽体ライフを楽しめばいいんじゃないかな」

「まあね……」

幽体はできないことだらけだ。が、だからこそ、普段はできないことができる。これはこれで充実しているのかもしれない。

那美は空を見上げた。

「あ、青い」

通勤途中に駅のホームから空を眺めたことはあった。変わった雲が出ている時、虹がかかった時、スマホで写真も撮った。

だがすべてあくまで通勤の合間だ。休日は家にこもってＤＩＹに夢中だったし、空を見るための時間なんてあっただろうか。

「……こんなにのんびり見たの、何年ぶりだろ」

いや、下手をすれば初めてでは。

「子どもの頃は遊びに夢中でぼんやり空なんか見なかったし、中学に入ったあととかは皆との付き合いや部活とか勉強で忙しかったからなあ」

空に見入っていると、今度は猫霊たちがよってきた。

　ここには犬霊の他にも猫霊やインコ霊、ウサギ霊といろいろな動物の霊がいる。犬霊の次に数が多いのが猫霊たちだ。

　警戒心の強い彼らは犬霊のように気軽に新入りのそばに寄ってきたりはしない。那美とは少し距離を置いて、それでいてまったり丸くなって一緒に桜を見上げている。舞い散る花びらにひょいと手を伸ばしているのは、若くして霊になった猫たちだろう。

（ああいうのを見てると人間、焦ったって無駄って、しみじみ思える……）

　問題は変わらず山積みだ。が、多くを望みさえしなければ、命はあるし、順風と言っていいのかもしれない。のんびりした猫たちを見ていると、そう吹っ切れる気がする。

　そんなことを考えていると、眼下の駐車場に車が入ってくるのが見えた。山肌に築かれた霊園なので、敷地は階段状の段差がある。上にいると俯瞰図のように広い霊園が見渡せるのだ。

「あれ？　参拝客の人？」

　沼田さんが、疑問形で言った。

　山中にあるここには徒歩では来にくい。無料の駐車場が設けてある。なので参拝客が車で来ることに不思議はない。

　が、降り立った二人は花や線香を持っているわけではなく、哀しみにくれた顔でこれから火葬にするご遺体を抱えているわけでもない。それどころか冗談でも言いあっているのか、声を上げて笑っている。

あきらかに行楽気分だ。沼田さんが首を傾げた。

「春で天気もいいし、ここに車を止めて山とかぶらぶらするのかな。でも、山登りって格好でもないよね」

実はこの寺の奥山は山続きというか、阪神間で人気のハイキングコースとつながっている。なので、たまにハイカーが立ち寄ることがある。

が、車でやってきた二人は明らかにハイキング客ではない。彼は革靴だし、彼女はヒールこそないが可愛いミュールを履いている。服も肌がむき出しの短いスカートだ。

しかも。

「……心なし、お腹が大きい？」

「うん、ちょっとね。他が細いし、メタボってわけでもなさそうだよねえ」

彼氏らしき男にバッグを持ってもらった彼女は、全体的に体つきがほっそりした人だ。が、お腹だけが少し丸い。しかも慈しむようにそこに手を当てている。

「もしかして、妊婦さん？」

「うーん、お隣の小光寺《しょうこうじ》さんと間違えてきちゃったのかな」

小光寺さんとは。ここから一つ尾根を越えたところにある有名なお寺さんだ。法要を行うだけでなく各種祈禱や祈願も受け付けていて、門前には土産物屋や食堂、水笛や林檎飴を売る屋台が並んだ参道まである。半ば観光地化していて訪れる人も多い。

そして何より、小光寺は安産祈願で有名なお寺さんなのだ。

「カップルかあ。間違えたんじゃなくて小光寺さんに行く前にここに寄ったのかな。古風にご先祖様に妊娠報告しにきたとか？　わ、わ、どの幽霊さん家の子だろ」

沼田さんが嬉しそうだ。

だが那美はそれどころではない。カップルの男のほうに見覚えがあるのだ。

（あれって、もしかして加奈ちゃんの……）

会社で席が隣の後輩、鈴木加奈子《すずきかなこ》。寺のほうへと歩いて行く男の顔は、彼女がスマホの待ち受けにしていたツーショット写真の男と似ている気がする。

加奈子はくるっと毛先を巻いたボブの髪が愛らしい、バッグやペンにつけた四葉のクローバー型チャームがトレードマークの女の子だ。普段から身だしなみにも気を使い、流行にも敏感。趣味はアロマに休日のスイーツ店巡りという、女子力全開の子でもある。

そんな彼女だが、仕事の合間の雑談時に皆に見えるようにスマホをかざしたことがある。一見、時刻を見るふりをしていたが、待ち受け画面には堂々とアップの男女が映ってて、それは誰なの？　と聞いてほしそうだったが、なぜか他の子が無反応だった。

で、しかたなく那美が「彼氏？」と聞いたのだが、「やだ、見ないでくださいよ、恥ずかしい」と言いつつ婚約間近だと教えてくれた。さんざんのろけて、「如月さんも早く相手見つけてくださいよ」と活を入れられた。

山門へと向かう男の顔をじっくり眺める。

間違いない。加奈子と一緒に写っていた男だ。

「それがどうして他の女と仲良く手をつないで歩いてるの」

「え、何？　修羅場？」

沼田さんの目がキラキラ輝いている。暇人か。

が、それに構っている暇はない。顔が似ているだけの別人かとも思ったが、加奈子には一度聞いたのが運の尽きで、それからもさんざん彼とのお出かけ画像を見せられた。あの顔を間違えるわけがない。着ているジャケットにも見覚えがある。

「私、あとをつけるから。あの二人の関係を確かめないと」

「おおっ、中輪寺探偵団発足？　おじさん、那美ちゃんの病院探偵団の話聞いて楽しそうだなーって、羨ましかったんだ。行こう、行こう」

こういう時、幽体は便利だ。近づいても尾行に気づかれることはない。

那美は二人の後ろに張り付いて会話を聞く。

「へえー、ここ初めて来たけど、見晴らしいいし結構本格的なお寺なのね。参道もある」

「子どもが歩けるようになったら連れてくるか？　正月とか屋台が出てにぎやかなんだ」

「やだあ、何年後の話よぉ」

男は地元民らしかった。遠方から来たらしき彼女にせっせと寺の説明をしている。

沼田さんが顔を寄せてきた。

「那美ちゃん、那美ちゃん、こんな声が聞こえるとこまで近づいて大丈夫？」

「だって話聞かなきゃ、この二人の正体と関係がわからないじゃない」

「でも那美ちゃんの顔かぶりつきだよ。相手の女にくっついちゃうよ」

実は兄妹だったとか、私の勘違いでありますように。

那美の願いも空しく、二人の男女は仲良く手をつないで境内のほうへ歩いていく。

池の鯉と亀を見て、御本尊様にお参りして、大銀杏の下で写真を撮って。それから、まだ時間があるからと言いつつ、休憩所も兼ねた売店へと入っていった。

ここの売店はお墓に参った人たちのための線香やお供え、お花、家で使うためのろうそくや香立てなどの他に、お守りやお土産のせんべい、ぬいぐるみなども売っている。

彼女のほうがそれを見て、小さなお守りを手に取った。

「わ、可愛い。ストラップ型のお守り売ってる！　これ欲しい」

「えー、小光寺さんでも祈願してもらうんだろ。ここには時間つぶしに来ただけだぞ」

「せっかく来たんだし、いいじゃない。こういうのっていっぱいあったほうが効きそうだし。ね、ほら、パパになるんだからそんな顔しない。胎教に悪いでしょ。すみませーん、この安産祈願、ピンク色のを一つ」

彼女が満面の笑みで売店のおばちゃんに手をふる。

沼田さんが冷静に突っ込んだ。

「……確定、だね」

結局、那美は「僕、地縛霊だから。ここの寺領からは出られないから」という沼田さんをおいてカップルの車に同乗して、小光寺まで行ってきた。

「小光寺さんで、戌の日の安産祈願の祈禱を受けるところまでしっかり見て来たの。あの二人がこっちに来たのって祈禱の予約時間待ちのためだったみたい」

夕刻になり、吉川君のシフトが明けてアパートに戻るのを待って、那美は彼に訴えた。

「男の名前も聞いた。二木郁夫《にきいくお》、後輩に聞かせてもらったのと同じ名前だった。人違い説とか双子説もこれでなくなったから。沼田さんのセリフじゃないけど、確定、だった」

「……普通、しますか。そこまで。いくら幽体でも車に乗ってついていって、帰ってこれなくなったらどうする気だったんですか」

吉川君はあきれ顔だが、那美はそれどころではない。可愛い後輩のことなのだ。婚約間際だと嬉しそうに微笑む彼女の顔が目蓋の裏にちらついて、義憤の塊になっている。

「だって私が加奈ちゃんに写真見せてもらったのってついこの間だし？　階段から落ちる前の金曜にも『週末、彼とお出かけなんです』って聞いたばっかりだもん。なのに今日、話聞いてたら、あの女、妊娠五か月とか言ってたし、もう一緒に暮らしてるっていうし。どう好意的に逆算したって二股じゃない！」

あの男がどの程度、今日の彼女に本気かはわからない。だが他人の那美から見ても二人は仲が良く、指には揃いの指輪も光っていて、恋人というよりすでに入籍間近の婚約者同士に見えた。へたをすれば次の大安の日にでも婚姻届けを出しそうな雰囲気だった。

「これじゃあ、うちの加奈子がっ。彼女に教えてあげなきゃ、騙されてるって」

「よけいなことかもしれませんよ」

吉川君が静かにお茶を淹れつつ言った。

「その加奈子さんという方がどんな方か知りませんが、話を聞いていますとかなり那美さんたちに彼氏さんの自慢をなさっていたみたいですね」

その場合、見栄も矜持もあるでしょう、と彼が言った。

「なのに自慢した職場の人に『彼氏が二股していた』と告げられるのはショックでしょう。そしてそれが原因で職場での人間関係がぎくしゃくすれば、きっかけをつくった那美さん、あなたを恨むようになるかもしれませんよ」

「そ、それは……」

「そもそもあなたは今は幽体なんですから、教えてあげようにも伝わらないでしょう」

僕のことはあてにはしないでくださいね、と釘を刺されて那美は言葉につまる。

「で、でもこのまま放っておけって言うの？」

「そもそもあなたに声を届ける力があったとしても、その後輩さんがどの程度、恋に心を惑わせているか。忠告してもやっかみかと思い信じてくれないかもしれない。放っておけ、というのではなく、恋とは当人の心の問題です。そのままにしておくしかないんです」

確かにそれはそうだけど。

「心配なさらずとも隠し事というものはいずればれます。こういうことは自然の流れにまかせた方がいいと思いますよ。当事者以外が関わるとよけいにこじれますから。あなたはいずれ会社に戻るのでしょう？　その後輩さんがいるところへ。その時に人間関係がぎくしゃくしていたらつらいですよ」

たしなめるように言った吉川君の言葉が、逆に那美の心を波打たせた。

頭ではもっともだとわかっている。彼は那美のためを思って言ってくれている。なのに何もするなと諭されたことが逆に彼に突き放されたようで。

今朝の犬霊たちとのあれこれが思い出されてしまったのだ。

面倒ばかり持ってくる押しかけ居候。相手の心も考えず能天気に騒いでいる人。吉川君にそんなふうに思われているのでは。だから今回の件も、他人の恋愛沙汰に野次馬根性で口出ししようとしている人だとあきれられたのではないかと思ってしまったのだ。

……彼に迷惑をかけている自覚はあったから。

そうではなく、うまく言えないが那美は本心からこのままにしておけないと思ったのだ。

だから那美は思わず反論した。

「わかってる。私だって恋愛問題に他人が介入するのはよくないことだって知ってる。でもこういうのは早めに知らせてもらえたほうが傷が浅く済むこともあるから。私ももめたことあるし……」

だから加奈子に伝えたかったのだと言いたくて、那美は今はお一人様の自分にも人間関係に悩んだ時期があるのだと、言わなくてもいいことを言っていた。

新入社員の頃だ。組合主催のグループ他会社との交流も兼ねたバーベキュー大会があって、そこでリーダーを務めてくれた先輩がやたらと世話好きだったのだ。

那美が研修で一緒だった同期の子たちと久しぶりに会って、以前の恋バナの続きで、那美が「まだ彼氏つくってないの」「私はつくったよー」と冗談交じりにいじられているのを見て、雑談ついでに尋ねてきた。

「如月、お前、誰とも付き合ってないって、男嫌いか？」

「いいえ、そういうわけでは。単に出会いがないだけで……」

社交辞令でそう返答してしまったのが運の尽きだった。皆、酒も入って陽気になっていたこともあって、那美の発言は、「誰か紹介してくださいよー」と言ったように受け取られてしまったのだ。あっという間にその場で後輩だという男性を紹介された。

完全に成り行きだった。ただの紹介で拒否権はあったとはいえ、流れ的に断れる雰囲気ではなかった。なのでお試しで少し付き合ってみただけというのが正しい。

(だから、加奈子の恋愛と同列に語るのはおかしい気もするけど、って。あれ……？)

自分で言いだしておいて、那美は顔をしかめた。

(……なんか、今言うことじゃなくない、これ。脱線してるっていうか)

今の心境を説明したくて言ってみたものの、自分だって付き合ったことがあると見栄を張った感じになったというか。

だがこのまま黙るのも単に自慢したかっただけかと誤解されそうで気まずい。

「そ、その、脱線したけど、別に見栄を張ったわけじゃなくて」

一応、言い訳というか、詳細の説明をしておく。

「先輩いい人だったし、相手の人も先輩と付き合いがあって断れなかったみたいで」

「…………」

「その、皆おせっかいだなとも思ったけど、お互い場をしらけさせないで断る方法とか思いつかなくて。私もこういうシチュエーションに慣れてなくて半分パニックになってたし、そうやって気にかけてもらえるうちが花って聞くし、実際この歳になると誰も飲み会とかに誘ってこない以前に、彼氏がいるかも聞いてこないし」

冷や汗がだらだらと出て来る。

もはや自分が何を言っているのか自分でもわからない。

「で、半年もたなかった。それからは私には向いてないって、枯れ女子路線を一直線。笑っちゃうでしょ」

自分で口にしておいて空しくなった。なぜにこんな夜にこんなところで枯れ女子宣言をしなくてはならない。

吉川君もどう相槌を打てばいいのかわからないのだろう。無言だ。入院中に、僧侶というだけで看護師さんに彼氏との将来を相談されたりする聞き上手なのに、困り切った顔をしている。

（……うん。困るよね。勝手に居ついた霊体にこんなこと長々と言われても）

実感した。自分はやはり対人関係が苦手だ。こんなわけのわからない先輩に、口出しされたら加奈子だって困るだろう。

「……ごめん、そうだね。人のことに首突っ込むのはよくないね。やめる。もうしない」

那美は口に出して言った。とにかく、会話の収拾をつけなくては。

加奈子は仕事もできるし女子力も高い、いわゆる、できる女だ。当然、プライドも高い。

吉川君の言うとおり、那美のような挫折組が口出しをすれば、屈辱を感じるだろう。

知っているのに黙っているのは、嘘をついているようで落ち着かないが。

（加奈ちゃん側からすれば、会社だけの付き合いの相手に先輩顔されたくないよね）

那美は頭を冷やすことにした。

だいたい、まだ加奈子が傷つけられると決まったわけではない。もしかしたらすべて那美の早とちりで、大どんでん返しがあるかもしれないのだ。


が、口出しすまいと思っていても巻き込まれる時には巻き込まれてしまうのが現実だ。

それから、数日後。

可愛い後輩の危機に黙って何もせずにいるのも落ち着かず、ため息をつきつつ、那美がいつもの病院巡回に出かけた時のことだった。今日は吉川君のシフトの都合で、お昼過ぎの訪問だ。

「え、加奈ちゃん？」

なんということだ。病院に行くと、スタッフステーションの前に彼女がいた。

那美の入院が長引いているので休職扱いにしたほうがいいだろうかと、もう一人の後輩と一緒に入院中の那美の様子を見に来てくれていたらしい。

（いい子だ。本当にいい子だ……）

いつもの女子力全開のオフホワイトのもこもこ上着が最高に似合っていて、バッグにつけた金色のチャームや栗色の艶々髪も天使のようで、可愛すぎて眩しい。

彼女に秘密を持ってしまったことが気まずいが、こんな可愛い姿を見ると迷いもすべて吹き飛ぶ。

「加奈ちゃん、迷惑かけてるのに来てくれてありがとうね。もうね、その顔見るだけでおばさん元気になる。こんな可愛い子ふる男なんていないよね。やっぱり私の思い違い」

一緒にいても話せるわけではないが、那美はいそいで近づいた。

すると加奈子がふり返った。那美のほうに顔を向け自分の腕をそっと抱く。

「え？」

袖からのぞく加奈子の腕には、鳥肌が立っていた。

一緒にいた後輩が怪訝そうに加奈子を見る。

「どうしたの、加奈ちゃん」

「いえ、なんだか寒気がして。……如月先輩の気配がした気がしたんです。変ですよね」

（まさか加奈ちゃん、私に気づいてる？）

那美はあわてて彼女の前で手をふってみた。が、彼女は吉川君のようにはっきりと那美が見えるわけではないらしい。

それでも気配は感じるらしく、那美が手を近づけると、避けようとする動きをする。

（……これっていわゆる霊感がある子って感じ？）

彼女が一人だけなら、那美は喜んで何とか意志の疎通はできないかと励んだだろう。が、

（駄目。今はもう一人、真紀《まき》ちゃんがいる）

那美にとっては後輩に、加奈子にとっては先輩にあたる会社の同僚だ。

吉川君の例がある。霊感持ちなら周囲の目を気にするかもしれない。

那美はあわてて隅に避けた。ただでさえ恋愛事情がとんでもないことになっている後輩の、仕事場での人間関係まで崩壊させたくない。

もう一人の後輩、真紀ちゃんが怯えたように左右を見た。

「怖いこと言わないでよぉ。だいたい如月先輩がここにいるなら、先輩、亡くなったことになるじゃない」

「あ。そ、そうですよね。不吉なこと言っちゃいました。気のせいですよね。私、実は母が寺娘だったんです。だから子どもの頃よくお寺とかに連れていかれて。怖がりに育っちゃって。けど霊感とかないですし、うん、変なこと言いました。忘れてください！」

場の雰囲気を明るくするように加奈子が言う。

「そうそう、気のせいよ。へえ、お母さんの実家、お寺だったんだ。だから加奈子ちゃん、お嬢様な雰囲気あるのね……。とか言いつつ、本当に先輩の霊、ここにいたりして。だって先輩も無念で化けて出たくもなるでしょ。担当医に様子を聞きに来るのが会社の後輩だ

けとか、プライベートで親しい人がいないって寂しい人生だもん」

「そうですねー。お堅い仕事人間だったですもんねー。飲み会とかに誘っても来ない人だったたし。人生、何が楽しいのかと思ってましたもん」

「うわ、言うね、加奈ちゃん。先輩には可愛がられてたくせに。さんざん彼氏の写真とか見せてのろけてたよね。あれ、当てつけなんじゃってそばでハラハラしてたんだよ」

「やだあ、覚えてたんですかあ。如月先輩にだけ話してたつもりだったのに」

「あれだけ大きな声で言っておいてよく言うよ。いろんなところに連れてってくれる優しい彼氏だってのろけまくってたじゃない」

「まあ、いい店とか知ってるしぃ。遊び相手にちょうどいいから付き合ってますけど、結婚するのはちょっとって感じの人ですね。でもそろそろ真面目に考えなきゃって思ってるんです。彼、その、私の体質って言うか、家のこと知っても理解があるっていうか」

加奈子はうまく言葉を濁しているが、きっとこの霊感体質のことだ。

吉川君は秘密にしていた。加奈子もさっき真紀ちゃんに聞かれたときは霊感とかないし、とごまかしていた。つまり隠している。

そんな加奈子が霊感について話したということは、口ではいろいろ言っても彼氏を信頼しているのだろう。そして彼が受け入れてくれたとなれば、加奈子の気持ちも傾く。

（加奈ちゃんは本気だ……）

きっとあの男を信じている。

加奈子の曇りのない顔に那美は胸が苦しくなった。

が、次の彼女の言葉を聞いて凍りつく。

「如月先輩って単純っていうか、甘えて頼れば手間のかかる作業とか引き受けてくれて便利でしたけど。後輩を可愛がる先輩って顔してくるのが押しつけがましくてちょっと苦手だったんですよね。いかにも真面目不器用で扱いに困るっていうか」

え？　何、それ。

「プライベートは反面教師にしかならないし。最近、真剣に結婚に心傾いてるんですよ。如月先輩の末路を見てるとこうはなりたくないなって思うようになって」

「わかるわあ。一人で生きてくってよほど強くて要領よくないとねえ」

「ですよね。入院したって付き添ってくれる人とかいないの、いかにもぼっちで。私、見てると気の毒になりますもん。うちの部で男女含めて相手いないのあの人だけですよね」

「如月さんが買ったマンション見た？　ああなったら終わりだって思ったわよ」

「私、マンション買う前に結婚します」

「よく言った、加奈子」

……わかってる。加奈子はいい子だ。

場を気まずくしないように軽口をたたいただけだろう。だが面会謝絶がとけたとしても那美を見舞う人がいないのは事実だ。いきなりの入院で困ったのも本当で。でも、

（加奈ちゃんに、そんな風に思われてたなんて）

彼女からは慕われていると思っていた。だから可愛がっていたつもりだった。

なのに……。

その時だった。

「あら、如月さんの会社の方たちですよね。こんにちは」

スタッフステーションからひょいとオカルト好き看護師の橘さんが顔を出した。

「お見舞いですか？　お疲れ様です」

話しかけられて、加奈子たちがあわてて表情と口調を取り繕う。

「あ、お世話になってますー。先輩の様子はどうですか？」

「大丈夫ですよー。如月さん、ご実家が遠いですけど、その分、私たちが朝夕、枕元で声掛けをしてますし、こうして会社の方々も来てくださるんですもの。心強いと思いますよ」

加奈子たちの話が聞こえていたのか、橘さんがフォローしてくれている。それでも一度、耳に入った言葉は消えない。

「ちなみに休みの日は私も近辺の神社仏閣に参って快癒を願ってますから。あ、そういえば一昨日にも行ったんですけど、なんとその時、虹が出たんです！　きっと吉兆ですよ。近いうちに如月さんも目を覚まされると思います！」

ほら、見てください、と橘さんがスマホを見せる。

「わあ、綺麗」

加奈子は画像が欲しいと転送可能な談話室まで移動していたが、那美はついていけなかった。

橘さんとやりとりするために出した加奈子のスマホの待ち受け画面に、あの最低男との明るいツーショットがあったからだ。

そして自分のスマホには風景や動物の画像しかないことまで思い出してしまって。

（……っ！）

自分でも、何がこんなに胸を締め付けるのかわからない。

那美はそっとその場から離れた。ふらふら糸の切れた風船のように、風に流されるようにして病院を出たのだった。

◇◆◇　◇◆◇　◇◆◇

その頃、孝信は寺の詰所で卒塔婆《そとば》書きを手伝っていた。

外の境内とは違い、建物の中にはさすがに誰かが引率でもして来ない限り動物霊たちは入ってこない。そして今の時間はその誰かも病院と職場の巡回に出かけている。

誰も孝信の邪魔をしない。

かこーん、と。庭園の一画にある鹿威《ししおど》しの音まで聞こえてきた。

（……静か、ですね）

実によく作業がはかどる。

が、静かすぎて妙に落ち着かない。

（……那美さんが来てから、まだ十日ほどしかたっていないのに）

何なのか、この感覚は。

孝信が僧侶らしく、自分の内面と向き合おうとした時のことだった。

――ピリリリリリ。

特に設定変更を加えていない、孝信のスマホが鳴り出した。急な呼び出しに対応するために持ち歩いているのだが、静寂の中に投げ込まれた鋭い音に、思わず体がゆれる。

スマホを取り出してみると、看護師の橘さんからメッセージが入っていた。

【大変です！　今、当方休憩中。至急、連絡請う！】

橘さんには、小児病棟に入院していた少女、柚子ちゃんの事件を解決して以来、「師匠！」と妙に心酔されて、退院時には、「導師がおられない間は私がこの病院の治安を守りますから！」と、強引に連絡先の交換をさせられた。以来、病院内の出来事を定期報告してきてくれるのだ。

那美さんの本体の様子や、まだ外泊様子見の柚子ちゃんのその後などを聞かせてくれるのでありがたいといえばありがたいが、このメッセージはいったい何事か。

（今日は定期連絡のある日ではなかったはずですよね）

胸が騒いだ。他の僧に断って席を外し、電話をかけてみる。待っていたように、即、橘さんが出た。挨拶もそこそこに言う。

「那美さんの生霊さんは？　そちらに帰られましたか!?」

「……はい？

　いきなり言われてとまどう。

「さっき後輩だって方たちが様子を聞きに来てくださったんですよ。でも酷いんです。如月さんのこと反面教師とかさんざんで」

　聞いてみると、那美さんの同僚たちが、今後のこともあるのでと上司に言われて医師に話を聞きにきたらしい。で、医師の到着を待つ間に、スタッフステーションの前で立ち話をしていたようだ。

「お店とかでもいますよね。従業員は家具とでも思ってるのか、横にいるのに平気で内輪の話とかする人たち。あのお二人もそうだったんです」

　スタッフステーションには橘さんがいるのに、那美さんの悪口を言っていたそうだ。

「如月さん、本体は眠ったままだから生霊さんが様子見に来られたりするんですよね？　あわてて話を逸らせたんですけど、もしかしたら聞かれたかも。なら、きっとショックだったと思うんです。その後輩さんのこと、如月さん可愛がってらしたみたいだから」

　そこで、「すみません、呼び出しがかかったので」と、通話は切れた。

　孝信はしばしスマホを手にしたまま茫然とした。

「……どうして、僕が那美さんの保護者扱いになっているのです？」

　相手は他人だ。それに保護者云々を言うならこちらのほうが年下だ。いくら彼女が一見、大人な見かけのわりに危なっかしいところがあるとはいえ、なぜこちらに連絡が来る。それに。

（霊とは関わらないように生きているのに、どうしてどんどん周りに幽霊関係者が増えていくのですか……！）

原因はわかっている。これまた那美さんのもろさとお人好しのせいだ。

看護師である橘さんと個人的にメッセージを送り合う関係になったのも落ち込む彼女を見かねてカルテを見てくれと頼んだから。そしてその後、病院幽霊たちの相談を受けて柚子ちゃんと関わってしまったからだ。

彼女の押しが強いというわけでもないのにこれはどういうことだろう。

たぶん、彼女が他の願いを断れない性格だからだ。

幽霊は怖いとふるえているくせに、いつの間にか彼らのそばに立ち、彼らの悩みをどうしたらいいかと一緒になって考えている。彼女自身は自分にも害が及ぶからだと理由付けしているようだが違う。外から見ると彼女はいつも他のために動いている。

この前の朝もそうだ。さも自分が犬たちと遊んで孝信の邪魔をしたかのようにふるまっていたが、違う。

（どうせ犬たちが僕と遊びたがっていたのを止めようとして、失敗したのでしょう）

そして犬たちが怒られるのを阻止しようと自分が悪ふざけをしたかのようにふるまって、犬たちが寂しがっているのだと伝えてきた。そのあとも孝信にとばっちりが行かないように、犬など飼ったことのない身で毎日、霊園に通って犬たちの運動相手を引き受けている。お人好し、いや、対人関係が不器用にもほどがある。

彼女が出勤着にパンプスという格好のまま、犬たちと追いかけっこをするタイプではないから、丸わかりだ。

そして孝信自身が、目の前でそういった不器用な強がりをされると放ってはおけない性格だという自覚はあって。

(だからこそ冷たくあたって周りに壁を作っているというのに)

深入りしたくないのだ、霊たちには。

なぜなら、最終的に置いていかれるのは、こちらだから。

煩悶《はんもん》し、それでもさっき聞いたことが気になって、那美が戻っているかを確認しようと腰を上げた時だった。

隣の人間用墓地在住の幽霊、沼田さんがあわてた様子でやってきた。

「大変だよ、那美ちゃんが行方不明なんだっ」

「はい？」

「孝信君が昼シフトの時は那美ちゃんいつもこの時間から犬たちを連れて散歩に出るんだ。なのに戻ってこない。那美ちゃん若いけど責任感ある子だし、皆が孝信君の邪魔をしないように毎日運動させるって決めてたし。こんなことありえないよ。犬たちも騒いでて、僕じゃ収拾がつかないよぉ」

幽霊がなぜ、行方不明になる。

思考がフリーズした。が、今は突っ込んでいる場合ではない。

今までの彼女は幽体になったとは思えないほど意識も記憶も鮮明で、放っておいても心配はなかった。だがさっき橘さんから後輩が悪口を言っていたと聞かされたばかりだ。

可愛がっていた後輩、それはたぶん、この前恋愛問題で興奮していた相手だ。

あの時の那美さんは後輩の事情を我がことのように怒っていた。

思わずというように自分の過去を語っていたから、何か印象がかぶったのかもしれない。

孝信が突き放すようなことを言ったこともあり、彼女は少し自己嫌悪というか自信をなくしていたようにも思う。

幽体としての存在を保つには、意識をしっかり持つ、つまり自己肯定をすることが一番大事なのに。

「ったく!」

思わず舌打ちが漏れる。幽体、しかも幽体離脱した霊は強いがもろい。もし迷ってここへ、いや、それどころか本体に戻れなくなったらどうする。

途方に暮れた顔をした沼田さんの横には、これまた途方に暮れ、尾を力なく揺らしている犬霊たちがいる。

なついていた世話係を失い傷心の犬霊たちの前に、孝信は膝をついた。

リーダー格のセントバーナード犬霊、アンディ君の目を覗き込む。

「那美さんのにおいは、たどれますか？」

「ワフウ？」

「僕が一緒に行きます。リードをつければあなたも外へ出られるでしょう？」

ここにいる犬霊たちは生前、飼い主に可愛がられてよく躾のなされている犬が多い。

その頃の習慣が記憶にしっかり残っているから、自分の家と認識したこの霊園から勝手に出て行くことはない。が、逆に言うと、リードをつけるふりをして散歩に行く体を装えば、彼らはリードに従う限りここを出て行ってもいいと、脳に刷り込みがされている。

そしてセントバーナードは広大な冬山で、雪に埋まった遭難者を見つける救難犬にされるほど嗅覚の優れた犬だ。

「行きますよ。迷子になった、あなたたちの世話係さんを捜しに」

幽霊とは関わらない。

そう自分を律していた孝信は、自分から動いた。幽体である那美を捜しに行くことにしたのだ。幽霊たちの力を借りて。

◇◆◇　◇◆◇　◇◆◇

（私、何やってんだろ）

那美はぼんやりと、ビルの屋上に座っていた。

病院を出てから特に当てもなく風に吹かれるままに宙を漂って、気がつくとここにいた。隣接市にある大型ショッピングモールの上のようだ。那美がいるのは屋上駐車場に突き出したエレベーター棟の屋根だった。

(上から目線になってたのかなあ。加奈ちゃんを助けたい、なんて。加奈ちゃんから見れば私は気の毒な落伍者なのに)

吉川君の言葉は正しかった。もし那美に加奈子と言葉を交わせる力があったとしても、話したのが那美というだけで、加奈子には引かれていただろう。

「先輩、そんなに後輩が先に幸せになるのが悔しいですか」

と、憐《あわ》れみの目で見られて、那美が言ったことなど信じてもらえなかっただろう。

「はあ、私、何に落ち込んでるのか自分でもわかんないや……」

吉川君の言葉どおりだったことに自分の思い上がりを恥じているのか、いかにもぼっちと言われたことに傷ついているのか、それとも慕ってくれていると思っていた後輩が本当はそうではなかったと知ったからか。

那美が立てた膝に顔を埋めて座っていると、雀が一羽、飛んできた。幽体だと怖くないのか、那美の前にとまって小首をかしげ、不思議そうに見上げてくる。

「あなた、私が視えるの?」

小鳥にも霊感があるタイプがいるのだろうか。

なんとなく優しい温もりが欲しくて手を伸ばす。が、那美の手は雀の体をすり抜けてしまう。

「……無理、か。声なら聞こえるのかな。聞いてくれる？　私だっていわゆるリア充になりたいって思ってた頃があったんだよ。好きでぼっちになったんじゃないんだよ」

前にもちらりと吉川君に話した、先輩から紹介された相手のことだ。あの時は強がって、まるで冷静に付き合いを始めて、理性的に別れたように話したが、本当は違う。

「私、社会人になってきちんと誰かと付き合うなんて初めてだったから。けっこう背伸びっていうか緊張してたの。これでも相手に合わせようとしてたんだよね」

で、付き合いだした彼だが、まあ、最初はそれなりに新鮮というか、戸惑いもあったが新しい世界が開けて楽しかったのだ。

「大学時代の友達は地元に帰ったり就職先に越してっちゃったし。会社で一緒に出かけられるような知り合いもまだいなかったから、休日は一人で家で寝てるだけだったし」

その頃はまだ借家暮らしでＤＩＹ趣味には目覚めていなかった。だから暇だったし、彼に学生時代にはハードルが高かった、大阪や京都、奈良と、近隣県の大人向け名所を案内してもらえるのもありがたかった。

「でも、そのうち慣れっていうか、甘えが出てきたんだよね。お互いに」

那美より年上で社会人歴の長かった彼が、仕事の愚痴を言うようになった。最初は「お前くらいしか言える相手がいなくて」とか言われて、頼られているとちょっと自尊心をくすぐられた。で、優しくしたのがいけなかったのだと思う。

「図に乗られたんだよなあ……」

仕事帰り、デートだからと即行で仕事を片付けて来たのに、これ見よがしにため息ばかりつかれた。難しい顔をして、慰めて、労わって、どうしたのって聞いてというオーラを放ってきた。

「私だって新人で覚えることがいっぱいあってつかれてるって言いたかった。けど、それでもきっとバリバリ仕事こなしてる彼のほうがつかれてるんだろうなと思って頑張って明るく励ましたら、お前はいいよな、って言われた。悩みがなくてって、上から目線で」

何それ、と思った。

「そっちが暗くなってるから、つかれを押して明るくふるまってるんじゃないって。だいたい本当につかれてるならこんなとこにいないで帰って寝ろって言いたくない？」

そのくせ、那美が仕事の悩みを話すと聞いてくれない。

「女の仕事だろ、俺とは違う」

そんな意識が透けて見えて。

すっと頭が冷えたのだ。

「私、この人のお母さんでもお守り役でもない、って」

彼女として付き合いだした今でこれなら、遠慮がもっとなくなった二年後、三年後はどうなる？　結婚してしまったら？　そう考えてしまったのだ。

那美は普段、男女の差は気にならないほうだ。女に月一度のうっとおしい周期があるように、男は毎日伸びる髭のケアとどちらも面倒なことがある。比べたって無駄だし、そういう性別に生まれたのだからくよくよしたってしょうがない。そう思っていた。

だが、那美だってつかれていても相手のために口に出さずにいるだけだ。その態度を能天気ととられて、女はいいよな、と返されては男女差って何と言いたくなる。

そうなってみると、今までは気にならなかったことがいろいろ気になってきた。

「例えばさ、外食ばかりじゃお互い財布が痛いし、手料理が食べたいとか言われるわけよ。で、部屋に招いて頑張ったけど。私が彼の部屋に行く時は彼は手料理を作ったりしないの。そういう時は私が総菜やお酒を買っていくの。逆に彼が私の家に来る時は何も持ってこない。それどころか手ぶらで来るなり冷蔵庫を見て、『なんだ、ビールはないのか、気が利かないな』とか言われる」

那美は酒が飲めないわけではない。が、付き合いで飲むか、何かの記念に乾杯用に買ったりする程度で、家に常備するほどではない。

(なのにどうしていちいちあなたのためにそろえなくてはならないの？　私は執事？　メイド？　それともコンシェルジュ？？)

都合のいい時に母親役や恋人役、慰め役に料理人と何通りも求められて。

切れた。

もちろん世の中にはまめな男だっている。彼女に手料理をふるまうのが好きという男だっているし、食べる専門で料理なんかしない女だっている。性差の問題じゃない。

だが自分はこの男を引き当ててしまった。

この男が求めているのは、ひたすら自分に都合のいい相手だ。

つかれた時には慰めてくれ、家事を行い、仕事もフルで頑張って、そのくせ必要な時には家にいて待っていてくれる。そんな都合のいい女だ。

結婚して子どもができてもこの人は動かないだろう。那美が仕事を続けて仕事量が五分五分だったとしても「俺は家族のために働いてるんだ。休日くらいゆっくりさせろ」と言うだろう。平気で仕事後の飲み会に出て、子どもの送迎も全部丸投げ。たまに手伝うと恩着せがましく胸を張るのだろう。そんな未来が透けて見えた。

別に那美だって誰かの世話をするのが嫌いというわけではない。職場での飲み会も新人のうちは断れずに出席していたし、そうなるとあまり飲まない分、皆のお世話係になることが多かった。自分が楽しむことはあきらめてひたすら世話役に徹した。

ただ、それは仕事の延長の関係だったからだ。

職場でへとへとになるまで気を使ったなら、その分、プライベートでは誰のことも考えずにリラックスしたい。そういう時間を大切にしたいと思うだけなのだ。

「だから、私、お一人様を選んだの」

そんな那美を枯れている、相手がいないんだ、と言う人たちがいることは知っている。だが那美は自分の考えでこの道を選んだ。憐れまれる筋合いはない。

老後が心配だろうと言われるが、結婚したところで老後になるまでせっせと夫と子の面倒を見なくてはならないのだ。そこまでしても、老後になった夫が急に世話好きになって那美の面倒を見てくれるようになるわけもなく。

　結局、しんどい目に遭うだけ損だ。そう合理的に判断した。

「で、その場で『二度と連絡しないで』って縁を切ったの。紹介してくれた職場の先輩には、今はまだ仕事に専念したいからって謝った。後悔はしてない」

　小首をかしげている小さな雀に語る。

「ただね、やっぱりしんどかったの。そう決めるまでは。これって我儘かな、自分に思いやりがないだけかなって、さんざん迷ったし悩んだ。けどね、彼の性格、周りの女子は知ってたみたいなのよね。男たちは知らないけど、女子の間じゃ彼、有名な地雷案件だったみたいで」

　別れてしばらくしてから、会社の他の子たちが話しているのを聞いた。前にも彼と付き合った子がいて、さんざんな目に遭ったらしい。

　だから皆、「別れるのも無理ないよね」と、那美に同情的だった。が、それならそうと最初から教えてほしかった。

　もちろん、彼女たちが付き合い始めたばかりの那美を気づかって、悪い噂を耳に入れようとしなかったのはわかっている。だが那美は「彼氏に我慢できない私って冷たいのかな、おかしいのかな」とさんざん悩んだのだ。皆が知っているのに、自分だけが知らされずに悩んでいる、そんな道化はもうごめんだ。

「だから、こんな思いを加奈ちゃんにもさせたくないなって思っただけで。そのことを吉川君にも説明したくてつい話しちゃったんだけど……」

うまく、話せなかった。聞き上手な彼を前にしても。

そこで那美は黙った。自嘲の笑みを浮かべて雀を見る。

「雀相手に何言ってるんだろ。雀君、こんなこと話したのあなただけだからね。よそで言いふらしたりしないでよ」

念を押す。一人で語って思った。今まで加奈子のことを心配していたつもりだった。が、結局、自分のもやもやを重ねていただけだろう。

「恥ずかしい。あーあ、私、こんな一人よがりばっかりだから未だに一人なのかもしれない。あの時の彼氏だけが悪かったんじゃなく」

実は去年、お一人様から脱しそうになっていた時があったのだ。マンションを買ったと報告を実家にしたばかりの頃、兄嫁の愚痴ばかり言っていた母から、同居したいと打ち明けられた。那美と暮らしたいと。

が、それも兄夫婦に子ができたからと立ち消えになった。正月に実家に帰ると、母は孫ができたと報告して、子守りをするのだと燃えていた。那美に語った愚痴など忘れて、「お前も早く結婚しなさいよ。一人暮らしなんてみっともないよ」と言ってきた。

「前は『お前みたいに一人で生きてくのが一番幸せかもね、女って損よ。子を産んだって男の子なら結局、嫁にとられるんだから』なんて言っていたのにね。あーあ、私の人生、ふられてばっかりだ。はは、笑っちゃうね」

から笑いしながら滲んだ涙を膝にこすりつけていると、雀が突然、飛び立った。

「あ。雀にもふられた」

一人ぼっちだ。風すらが体の中を通り抜けていく。

それでも寒さを感じない体が寂しくて。

那美が、ぐすっ、と鼻をすすった時だった。声がした。

「……やっと、見つけましたよ。那美さん」

(え？)

あわてて見下ろすと、鍵のかかったフェンスを乗り越えて、エレベーター棟の屋根へとつながる点検用の梯子を吉川君が登ってくるところだった。

動きにくいだろうに、裾の長い僧衣姿のままだ。フェンス向こうの駐車場にはセントバーナード犬霊のアンディ君がお行儀良くお座りをしている。

「ったく。目立ちたくないのに。この格好のまま街中を捜し回る羽目になりましたよ。面倒をかけないでくださいと言ったでしょう」

どれだけ捜し回っていたのだろう。肩を上下させ、荒い息を吐きながら、吉川君が那美のほうに手を伸ばした。風に翻る黒と白の僧衣が眩しい。

「ほら！　帰りますよ」

動けずにいる那美の手を取る。

「話なら家で聞きますから。とにかくここを降りますよ。姿の見えないあなたはともかく、僕は見つかれば不法侵入になってしまうんですから」

〝家〟。〝帰る〟。

温かな言葉を並べられて、那美の顔がくしゃりと歪む。

今度は違う感情の波にさらわれて動けなくなった那美の手を、彼がにぎる。つなぐ。それは一緒に歩ける屋上駐車場に降りたあともそうだった。

幽霊嫌いなのに。

重なった手を見ていると、彼が言った。

「いい歳をした大人なのに子どもみたいに手をつないで帰るのが恥ずかしいというのはなしですよ。放しませんからね。また風船みたいにどこかに飛んでいかれたら捜すのが手間ですから。家に帰るまではこのままでいます。いいですね？」

「……それって、また私がいなくなったら、捜してくれるってこと？」

聞くと、「なっ」と、吉川君が赤くなった。

それから、怒る。

「違います！　あなたが失踪するたびに他の霊たちに捜してくれと押しかけられて、仕事の邪魔をされたくない、そういう意味です！」

怒りながらも彼は手を放さなかった。

ゆっくり歩きだす彼にひかれるようにして、那美も前へ進む。涙が滲んで、彼の優しい背中が、見えなくなった。

アパートに帰った那美の前に、ことんと皿がおかれる。皿には可愛らしい猫の絵がケチャップで描かれたオムライスがのっていた。

「え、これ」

「……あなたの分です。幽体になってから食べ物を食べたくても食べられないといつも嘆いていたでしょう？」

一人では那美が食べにくいと思ったのか、彼はもう一つオムライスを作ると、那美の対面に座った。手を合わせ、いただきます、と言ったあと、スプーンを手に取り那美にも食べるようにうながす。

「で、でも私、幽体で……」

「きちんとお供えをすれば食べられますよ。人のように食するというわけにはいきませんが」

言って、彼はお供えの作法について教えてくれた。

那美の前に供すると、そっと手を合わせる。

「あなたは幽体離脱している身で、本来の霊魂とは違いますが。心を込めれば同じです」

半信半疑で那美が用意された席に座った時だった。ふわりとケチャップの香ばしい香りと、優しい卵の匂いがして、口の中に、トマトの甘味が広がった。

「え⁉」

ふわふわのバターを溶かした卵の感触、口を浄める熱いお茶。

それらが次々那美の中で弾けて、喉を滑り落ちていく。

「あ。食べられた」

本当に食べるのとは違う。目の前のオムライスは少しも減っていない。でも、自分の胃の腑が満たされ、心が満足したのを感じた。

吉川君が「あなたに、お供えしたからですよ」と言う。

「神教、仏教、宗派に関係なく、故人に花や香などを供える習慣はありますが。仏教学では五供《ごくう》といって、花、香、灯明、水、香飯の五つを供えますね」

香飯は朝と夕に炊きたてのご飯を自分たちが食べる前に仏様にお供えするそうだ。

「特別な物でなくていいのです。人が生きていくうえで必要な糧、家族が食べているのと同じものを供えることで、故人とつながることができますからね。ご飯だけでなく故人が好きだったものや季節のものなど、心のこもった物をお供えします」

お供えした食べ物は、仏壇に手を合わせてから下げて、皆でいただくそうだ。秋祭りで神様にお供えしたものを、あとで氏子さんたちが直会《なおらい》で食べていたのと同じらしい。

「ちなみに、浄土真宗の場合は浄水はたむけません。仏のおもむく浄土には、すでに八功《はっく》徳水《どくすい》という功徳を備えた水がありますからね」

と彼が締めくくる。

「人は悲しい時、温かな物を食べると浮上できるんです。食は生の基本ですから」

吉川君は一人暮らしだからといつも自炊している。が、和食が多い。職業柄、殺生を嫌うからか、野菜中心の精進料理が主だ。

だが目の前にあるオムライスはバターと卵がたっぷりで、中のライスにはチキンが入っている。

「……オムライス、旗までたってる。添えてある人参グラッセはお星様形だし」

「保護者に相談することもなく家出してしまうお子様にはぴったりでしょう」

一応、那美が好むものをと考慮して作ってくれたらしい。

（っていうか、保護者とか、家出とかって何……？）

那美は吉川君の気づかいに泣きそうになりながら、強がった。

でも嬉しくて。照れたように横を向いている彼の耳先が少し赤くなっているのが可愛くて。ありがとう、と、泣きだしたいほどありがたい。

でも、泣けない。加奈子のことがまだ小骨のように喉に刺さっている。自分だけ温かな家に連れ帰ってもらえても、幸せにひたるには罪悪感がある。

（だって、いつかは破局する）

相手の女は妊娠している。そして彼氏は産んでほしいと願っている。さすがに子どもが生まれたら隠し通せないし、身の回りを清算するだろう。

「あの、さ。前に私、うまく言えなかったけど。付き合ったことあるって言ったよね」

那美はぽつりと言った。

「加奈ちゃんの彼氏と私の元彼は違う。私と加奈ちゃんも違う。別の人。だけど重なるの。いろいろ」

だから、きっと胸のもやもやが去らずにいる。

「いい子なの。加奈ちゃん」

「…………」

「意識が高い分、なんにでも一生懸命で、それでいて私と違って人と合わせようって努力もしてて。頑張ってる子なの」

だからあんなことを聞かされても、加奈子を〝好き〟という気持ちは変わらない。

「言えば、恨まれるかもしれない。彼女に教えたいっていう想いだってただの私の自己満足。だから加奈ちゃんには言わない。黙ってる。だけど私は何かしたい」

吉川君の作ってくれたオムライスは涙が出るくらいおいしかった。嬉しかった。

自分を気にかけてくれる人がいる、そのことがわかったから。

だから完全に落ち込まずにすんだ。浮上できた。加奈子には吉川君のような人がいるだろうか。もしいないなら、自分は加奈子にとって吉川君のような先輩でありたい。

「……聞きましたよ。橘さんから。二人がかりで悪口を言われたこと。なのに、まだ何とかしたいのですか」

あきれたように吉川君が言う。

確かにショックだった。だけど、いずれ破局するにしても、知っているのに教えない、そんなことをいけ好かない先輩にされていたと彼女が知ったら、妙な同情をされていたと考えてよけいにきついのではと思うのだ。

「私、嘘が下手だから。きっと何も知らなかったふりはできない。取り繕っても、あの子は鋭いから気づかれると思う」

その時、どれだけ憎まれるか。

「結局は自分のことを考えているだけかもしれないけど。とにかく、自分がすっきりしたいの。あの彼氏にぎゃふんと言わせたい」

だって、

「あの男、全然いい男じゃなかった。うちの加奈子に釣り合ってない。だからごめん、吉川君。私でもできる幽霊の人の脅し方とか知ってたら教えて。あなたに迷惑はかけない。私一人であの最低男にぎゃふんって言わせてくるから！」

最低は自分の方かもしれない。後輩にかこつけて、結局は自分が引きずっている過去のあれこれを清算しようとしているだけかもしれない。

あの時はただもやもやしながら別れただけで、心はすっきりしていなかった。それを今も引きずっていることにようやく気づいたからだ。

「私、私のために、あの男に天誅を下してやりたいの」

そんな自己中心な気持ちで、面倒見のいい吉川君にまた迷惑をかけている。

（私、いつからこんな面倒くさい女になったんだろう……）

こんなことを言っても吉川君が困るだけだ。暗に協力しろと言っているのと同じで、吉川君にそこまでする義理はない。なのにぐじぐじと、彼が作ってくれたオムライスを前にこんなことを言っている。

それでも引っ込みがつかなくて。膝の上で両手を握りしめていると、彼が言った。

「……わかりました。なんとかしますから、そうしょげないでください」

ため息をついて、吉川君がスプーンをおく。真っ直ぐに那美を見て言う。

「僕も特に何ができるというわけでもない無力な人間ですが。うちの霊園には強力な動物霊がいます」

そう言って彼がふり返って視線を送ったのは、台所に置かれた特大の段ボールからはみ出して寝そべっている、セントバーナード犬霊のアンディ君だ。

時間も遅くなったので彼を帰すのは明日の出勤時にすることにして、今夜はここに泊めることにしたのだ。

「前にも言いましたが、うちの霊園の動物霊たちは純真で物覚えのいい良い子ばかりです。そこへさらに毎日、ありがたい経を聞いて暮らしているので、そこらの幽霊などよりよほど霊力があります」

今日だって、那美さんの行方を一発で嗅ぎ当てたでしょう？　と彼が言った。

「アンディ君に、協力してもらいましょう」

そうして翌日の夜のこと。

那美がリードをつけたアンディ君とともに向かったのは、例の加奈子の彼の家だった。

なぜ家がわかるかといえば、小光寺さんでの安産祈願の申込用紙に彼の、いや、すでに彼女と同居を始めているから二人の、と言うのが正しいが、住所が書いてあったからだ。

個人情報とはいったい、という問題にはこの際、目をつむってもらう。

「さあ、行くよ、アンディ。手はずはわかってるね？」

「ばふばふっ」

遊びの延長だと思っているのか、リードの先でアンディ君はご機嫌だ。

そんな一人と一匹を、頭が痛いと額を押さえながら吉川君が見ている。

「生身の僕は不法侵入になってしまいますから、ここから先はついて行けませんが。大丈夫ですね？　少し脅かすだけですよ？　用が終わったらすぐ帰ってくるんですよ。寄り道はしては駄目ですよ。ここで待っていますからね」

くどいほどに言われた。案外、彼は過保護だ。ツンのくせして。

那美は大丈夫と手をふると、難しい顔をした保護者を公道上に残して、加奈子の彼氏が住むマンションに入る。二股男のくせになかなかいいところに住んでいる。自動扉のオートロック付きだ。

幽体だが律儀に非常階段を四階まで上がって、部屋番号を確かめる。

「よし、ここね。さあ、アンディ、やっておしまい！」

「ワフン！」

扉をすり抜け、中に入ると、アンディ君のリードを放す。そして那美はコートのポケットからボールを取り出した。そして声をあげる。

「ゴー、アンディ！」

吉川君の入れ知恵で持たされた、特製の御加護つきお供えボールを、思い切り廊下の先めがけて投げる。

お供えされた物であれば、あなたでも触れることができますから。

そう言って、那美に向かってボールを幾つもお供えしてくれた。吉川君の言葉どおり、那美はしっかりとボールを摑めた。投げることもできた。

そして投げられたボールを追うのは犬の持って生まれた習性だ。

「ワン、ワン、ワンッ」

久しぶりのボール遊びに大興奮のアンディ君が、壁も扉もお構いなしに部屋の奥へと飛び込んでいく。

吉川君が徹夜で読経して、功徳を与えたアンディ君は最強だ。

近親交配を繰り返しすぎ、体が大きく重くなりすぎ、雪山での救助作業には適さなくなってお役御免になったといういわれを持つ彼は巨体でドスドスと床を踏みしめ、ボールを求めて部屋中を駆け巡る。その霊派は重い振動となり、現世に伝わる。

「きゃあ、何!?」

彼と彼女の悲鳴が聞こえてくる。そのうえ、

「地震かっ」

「ちょっ、何か寒くない？」

「ああ、春なのに何で鳥肌が……」

二人がいるのは壁の向こうだから見えないが、怯えきった声がする。よし、と那美はガッツポーズをとった。

今のアンディ君は霊力が高まりまくっている。そのうえボールを追うことで興奮し、異様なまでに集中力がついている。霊感のない人間相手でも、その存在を感じさせることができるのだ。

ちなみに、アンディ君をここまでつれてきたリードも、吉川君がアンディ君にお供えして、装備できるようにしてくれたものだ。

(ありがとう、吉川君)

本当にいい人だ。

那美は元の体に戻れたら、彼に病快癒の御礼祈禱をしてもらおうと決意した。いや、それだけでない。僧侶が関係する儀式はすべて彼に頼もう。死後のお葬式も彼に仕切ってもらう。自分の最期は彼に見送ってもらいたい。

ただ……。

「最低男は怖がらせることができたけど、どうしてこんなポルターガイストが起こってるかが伝わらないと、二股への天誅《てんちゅう》だって気づいてもらえないんだよなあ」

ちょっと詰めが甘かった。どうしよう。

悩んでいると、那美の背後でマンションの扉が開いた。

那美はあわててふり返り、目を丸くする。

「え、加奈ちゃん⁉」

そこにいたのは、強張った顔をした後輩の加奈子だった。

(ちょっ、どうしてここにっ。今って二股男だけじゃなく、彼女もいるのにっ)

会ってしまえば二股がばれる。彼女が妊娠していることもばれてしまう。

(そりゃ、いつかはばれるというか、取り返しがつかなくなる前に真実が明らかになってくれなきゃ困るけど。何も今じゃなくても……)

加奈子がショックを受けて泣きだしたらどうしよう。那美はおろおろしながらアンディ君を呼び戻そうとした。

が、加奈子にも奥での騒ぎと、何より、女の声が聞こえたのだろう。

きっ、と眦《まなじり》を吊り上げると靴を脱ぎ、つかつかと廊下を進んでリビングの扉を引き開ける。

「な、何だ、って、加奈子？　なんでここに。てか、鍵っ」

「……前に酔って私の家に忘れていった時、合鍵を作っておいたの。最近、部屋に来るなって言いだしたから、おかしいと思って」

「なっ、普通やるか、そんなことっ」

加奈子の後ろから那美はおそるおそるリビングを覗き込む。幸い、女の姿はなかった。

突然の揺れと悪寒に、続き間の寝室に逃げ込んだらしい。

ほっとしたのもつかの間、加奈子がずいと歩を進め、彼の前に仁王立ちになる。

「……私、職場の先輩が事故って入院したって話したよね？」

バッグに手をかけつつ、加奈子が言う。

「昨日、そのお見舞いに行ったの。その時、病院の看護師さんに見せてもらった写真に、あなたが他の女と写ってたの。これ、何？　ここに写ってるの、あなたよね？」

加奈子が綺麗にネイルの施された指で示した先にいるのは、お腹のふくらんだ彼女と一緒に安産祈願と大書きされたお札と寺の名が入った紙袋をぶら下げた彼の姿だった。

背景は虹がうかんだ空の下、本堂の甍も美しい寺の画像だ。

（あ。もしかして、あの時、橘さんが見せてた写真？）

綺麗、と騒いで加奈子は画像を送ってもらっていたが、実は彼氏が写っているのを見て、はしゃぐふりをして転送してもらったのか。

（さすがは加奈子）

できる女感はプライベートでも遺憾なく発揮されている。半端ない。

「誰よ、これ！」

加奈子がスマホを突きつける。

だがまずい。まさかこんな偶然があるなんて。オカルト好き看護師、橘さんが知ったら「これぞ神仏の御加護、天誅ですよ!」と興奮しそうだが、それどころではない。

騒ぎを聞きつけて、避難していた奥の部屋からお腹のふくらんだ今彼女まで出て来る気配がする。

「何? 郁君。誰か来てるの? 地震は?」

ああ、まずい。せっかく加奈子が傷つかないように、こっそり男のほうを脅して身を引かせるつもりでいたのに。

が、そこで彼が動いた。今彼女の登場を止める。

「危ないからお前は出るな。なんでもないから。前に話した、何回か一緒にランチとか食べに行っただけの女が勘違いして押しかけてきただけだから」

明らかに彼女を気づかい、優先させて、それから加奈子に向き直る。

「もうとっくに切れてるのに未練たらしく来やがって。加奈子、お前とは単に遊びで付き合っただけ。好きそうな店に連れて行ったら喜んで金払ってくれて都合がいいから一緒にいただけだ。俺の彼女は、杏奈《あんな》だから。お前じゃない。ていうか、お前のこと、彼女って思ったこと一度もないから」

何それ。最低だ。加奈子には何も言わずに二股していたくせに。ばれたからと開き直るのか?

那美はかっとなった。が、それ以上に顔を赤くして激怒しているのは加奈子だ。

「……最っ低」

言うなり、そばの棚を叩き倒す。ブチ切れ修羅場だ。男のほうも怒鳴りだす。

「なんだよ、お前だって俺のこと本命じゃないだろ」

「え」

「聞いたぜ、他の奴に話してるとこ。いい店とか知ってるし遊ぶのにちょうどいいから一緒に出かけたりしてるけど、結婚するのはちょっと、とか」

那美ははっとした。病院で聞いたのと同じだ。他でもそんなことを言っていたのか。図星だったのだろう。加奈子からみるみる血の気が引く。

「同じじゃないか。二股以前の問題だろ。お前みたいな女、俺のほうから捨ててやる。とっとと出て行けっ」

加奈子を部屋から追い出して、男が扉を閉める。

加奈子は茫然と共用廊下に立ったままだ。

こういう時、どうしたらいいのだろう。那美は触れることができないとわかっていながら、彼女の肩を抱こうとした。

その時だった。

「ワフン……」

アンディ君が加奈子の足に体をこすりつけた。

「え、何⁉」

霊感がある加奈子には、霊力を高めたアンディ君がはっきりと感じられるのだろう。

「え、犬？　お化け？」

加奈子が怯える。が、アンディ君に害意がないとわかると、彼女はゆっくりと警戒を解いた。まだ緊張したままだが、そっと話しかける。

「……慰めて、くれてるの？」

アンディ君が、そうだよ、というように、クンクンと鼻を鳴らして顔をこすりつける。

「……お人好し」

加奈子が言った。

「って、犬だからお人好しっていうのは違うか。なんて言ったらいいんだろ。ま、とにかく、おいで。こんなところで一人でしゃべってたら私、変な人だから。どうしてここにいるのかはわかんないけど、お前だってこんな夜に外で一人でいたくないでしょ。今晩、夜を明かす場所くらいならあげるから」

少し首をかしげて、アンディ君が加奈子を見る。

そのとまどう雰囲気は加奈子にも伝わったのだろう。彼女がアンディ君のほうへとかがめていた腰を伸ばして言う。

「……別に。来ないならそれでいいけど。お前のこと拾って飼ってあげようってわけじゃないし。たまたま出会って声をかけただけだし。だからお前も、ついてきてもいいし、来なくてもいい。どっちでもいいから。お前の意思だから。好きにして」

言って、加奈子がくるりと背を向けた。エレベーターがあるほうへと歩いていく。

潔い背だ。

だけど孤独と、つけられた傷が透けて見える。

思わずあとを追おうとした那美の横を、アンディ君がすり抜けた。一瞬、立ち止まって那美のほうを見て尾をふると、そのまま加奈子についていく。

「あ、アンディ？」

呼びかけたが、アンディ君はもうふり返らない。

タイミング良く到着したエレベーターに加奈子とアンディ君が乗り込む。閉じる扉の向こうに、お行儀良く座ってこちらを見ているアンディ君が見えた。

それが最後だった。閉じた扉の向こうで、エレベーターが一階へと降りていく。階数表示が刻々と変わっていった。

「行っちゃった……」

茫然と見送る那美の隣に、いつの間にか吉川君が立っていた。

「……噂の後輩さんと外観の合致する女性が入っていくのが見えたので。もし本当にそうならまずいと思って追ってきました」

他の住人がオートロックの扉を開けた時に、一緒に入って来たらしい。

「波長が合ったのでしょう。後輩さんも感じる人のようですし。いいのでは？　一緒にいればアンディ君も飼い主と死に別れた寂しさがまぎれます」

そうだった。アンディ君は幽霊だった。いくら未練があっても飼い主のところへは戻れない、彼もまた寂しい身の上なのだ。

「セントバーナードは優しい犬種なんです」

彼がぽつりと言った。

「遭難救助犬としても有名ですが、雪山で凍えた人がいるとそっと寄り添って温めてあげるそうですよ。きっとアンディ君も彼女に寄り添ってくれるでしょう」

それと、と、少し言いにくそうに彼が言った。

「あとで知って、どうして知っていたのに黙っていた、とあなたが傷ついても困りますから。聞いていますよ。橘さんから。あの後輩さんがあなたについて言った詳細は」

ぎくりと体が揺れた。悪口を言われていたことだけでなく、ぼっちの反面教師と言われたことまで伝わっているのだろうか。

彼に、会社での自分の評価を知られたのが恥ずかしくて。何も知らない彼の前では堂々とふるまっていた。落伍者のくせに偉そうにはしゃいでいたと思われていたのかもと思うと、身の置きどころがない。

顔をうつむけると、こほんと咳払いをしてから彼が言った。

「人の感じ方はそれぞれですが。僕は別にあなたの生き方をおかしいとは思いませんよ。誰がなんと言おうといいじゃないですか。自分で働いて、マンションまで買って、誰にも迷惑をかけずに自分の足で歩いて生きているのですから。立派なことだと僕は思います」

それは那美を肯定する言葉だ。胸にゆっくりと吉川君の言葉が染みていく。

やっぱり、吉川君はいじめっ子だ。

そう思った。

那美は気張り屋だ。人に頼るのもどんな顔をしていいかわからなくなるから苦手だ。だから人に自分の弱いところなんかそう何度も見せたくない。

なのに。

こんな時にそんなことを言われたら、不覚にも目の奥が熱くなってしまうではないか。

◇◆◇　◇◆◇　◇◆◇

それから、少し時が経過して。

「お前、結局ついてきたんだ」

加奈子は、戻ってきた自宅で灯りをつけながら言っていた。

目の前には、ゆっさりとした尾をふる大きな犬の影がある。

「勢いで言っただけなのに。私、別にお前なんかについてきてほしいとか思ってなかったんだから」

言いつつ、どうして自分は見栄ばかり張るんだろうと思った。霊力がそこまであるわけではないからはっきり視ることはできないが、もふもふの可愛い犬だと思う。本当はこの犬霊にいてほしい。ついてきてくれたことが嬉しいのに。

あの最低男もそうだ。最初は一人でいるのがふと寂しくなったから。ただそれだけで付き合いだした。他の子の手前もあって、彼氏という存在が欲しかっただけで、別に彼自身が欲しかったわけではない。

だけど最近はこの人となら結婚してもいいかと思い始めていた。

一緒にいて気まずくならないし、人当たりもいい。厳しい実家の母や姉ともうまくやってくれるだろうと思ったりもした。だけど。

「……聞かれてた、なんて」

彼の悪口。悪口と言うより照れ隠しと言うか、自慢しすぎて他の子たちに引かれないように適度に落としていただけのつもりだった。

ただ……加減を間違えたのだ。やりすぎた。

誰にでも言っていたことだから、どこで聞かれたのかわからない。

加奈子はため息をつくとクローゼットを開けて、捨てようと思っていた、彼と一緒に出かけた時に買ったストールを出した。犬霊の前に敷いて、ここにお座り、と告げる。

「なれ合うわけじゃないから。けど今はちょっと一人じゃ寂しいし、いいよ、いても」

黙って聞いてくれている犬霊に言う。

いつもの一人言よりは、相手が犬でも聞いてくれるものがいるほうが断然いい。

「ごはん、食べるよね？　私はお腹ペコペコ。早く食べたいから一緒に食べられるのにするよ。ドッグフードなんて上等なものはおいてないから」

今日は二人分、お皿を出す。

今夜のメニューはヘルシーに湯がいたささみを載せたサラダパスタだ。犬用にはささみを取り分ける。大きな犬だからきっといっぱい食べるだろう。冷蔵庫にあるだけのささみを湯がいて皿に載せた。

「これならドレッシングつけなかったら犬も食べられるって思うけど。……お供えすれば食べられるんだよね？　お爺ちゃんのお寺に行った時に習ったけど、これでいいのかな」

加奈子はうろ覚えの作法で、犬の前に皿を置いた。お香の代わりにアロマも焚《た》いてみる。

いただきます、と手を合わせて、一緒に湯がいたささみを試しに食べてみる。

「うわ、味がない。まっず。こんなのが嬉しいの？」

「わん」

「……まあ、ヘルシーかな。よく噛んでみると鳥の味もするし」

一緒に遅い夕食を食べながら、ぽつりと言う。

「今日はね、私もちょっと誰かといたかったから。ちょうどよかったんだ。一泊、宿泊代おごってあげる。お返しは体でしてくれたらいいよ。犬ってにおいに敏感なんでしょ。幽霊だけどお前だって訓練すれば他の女のにおいとか嗅ぎ分けられるよね。なら、次の相手探す時、事前にチェックできたら便利だし。だから次の彼氏ができるまではここにおいたげる。お前もいる場所ができていいでしょ」

それから、加奈子は、ふふふ、と笑う。

犬を相手に何を言ってるんだろうと思う。が、こんなことで負けてなんかやらない。もっとかっこいい女になって、あいつにぎゃふんと言わせてやる。

だって、自分はできる女だ。あんな男にはもったいない。

「焦ってたから、あんな男に引っかかったんだと思う。一人暮らしって、たまに寂しくなるし。周りも皆、彼ができたらそっち優先で一緒に騒いでくれなくなるし」

このままじゃ、お一人様の如月先輩みたいになるかもしれない。そうなれば周囲に馬鹿にされるかもしれない。

そんなふうに思うと、ついつい彼氏の写真を見せびらかしていた。自分は満ち足りているのだ、如月先輩とは違うのだと必死にアピールしていた。

見栄だ。本当はこうしてのんびりできる自分時間も嫌いじゃない。如月先輩みたいな生き方を楽でいいなと思ったことだってある。

「……いつまでいるのかわかんないけど、いていいよ。お前も寂しいんでしょ」

ぼんやりと形の見える犬に向かって言う。

「お前がいたら私も寂しくなんかならないし。心に余裕ができたらじっくり相手を見れると思う。ま、満ち足りすぎてお一人様でいいとか思いだしたら困るけど。会社の先輩にもいるのよね。そうやって枯れきっちゃった人。マンション買っちゃったり。私、まだ、結婚する気、棄ててないし。スペック高い男捕まえてセレブ妻になるんだ」

それまでならいていいよ、とふかふかの毛皮に手を差し入れる。霊だからさわれないけど、なんとなく温かい気がした。

「今度、ペットショップに行って何か買ってきてあげる。犬用のほうが体にいいでしょ。もう死んでるから健康に気を使ってもしょうがないかもだけど」

相手は霊だ。これは歪んだ関係だ。

それにこの犬はいつ成仏していなくなるかわからない。そして自分も新しい彼を見つけて、この子を必要としなくなるかもしれない。その時はお互い、用なしだ。一人に戻る。

(だけど、それまでは)

加奈子は一人と一匹でテーブルを囲むと、久しぶりの一人ぼっちではない食事を楽しんだ。

◇◆◇　◇◆◇　◇◆◇

それを見届けて、那美は加奈子の部屋の窓から離れた。

(アンディ君、加奈ちゃんをお願いね)

アンディ君も居場所ができてよかった。名残惜しいがふわりと宙を飛んで、元の路上に戻る。

吉川君は待ってくれていた。それに駆け寄る。

「幽体だから、夜道でも強盗に姿見られたりしないんだから、先に帰っても良かったのに」

「別に。また迷子にならないか、念のためです。何度も言いますが、他に迷惑がかかりますから」

素っ気なく言って、彼がぷいと背中を向ける。歩きだす。だが、歩調がゆっくりだ。那美が追いつくのを待ってくれている。

那美は唇をほころばせると、無言で彼の背を追った。隣に並んで歩きだす。

ふと、さっきの加奈子たちの様子が脳裏に浮かんだ。

(私、いつまでこうして幽体やってるんだろう)

人と幽体。一人と一体。

自力でどうにもならないからここにきた。なのにいつの間にかこの暮らしに順応している。元の体に戻ったらどうなるのだろうと、最近は逆にそちらに不安を感じる。

「いつまでいるのかわかんないけど、いていいよ。お前も寂しいんでしょ」

加奈子もアンディ君にそう言っていた。幽体はいつ消えてもおかしくない存在だ。

そしてそれは那美も同じ。

そっと隣を見る。吉川君の横顔が見えた。

なんとなく、一緒にいる。いてくれている人。ついひと月前は幽霊たちの世界があるなんて思わなかったのに。吉川君のことも知らなかったのに。

なのに今は自然に、アパートに帰れば吉川君が「おつかれ様でした。今日は特別です」と言って、コーヒーをお供えしてくれるだろうなと確信している。

霊が視えるくせに「視えない」と言い張るツンツンしたお坊さん。

でも本当はモフ好きで、那美が落ち込んでいる時はオムライスをつくってくれる。ケチャップで猫の顔まで描いてくれる。

そっと、聞いてみる。

「もしかして吉川君って、可愛い？」

「なんですか、それは！」

間髪をいれず怒った声が返ってきた。だが今はそれが耳に心地いい。

ふふっと笑うと那美は宙に浮かんだ。那美の存在を認識している彼が、受け止めてくれることを信じて、そっと背後から彼の肩に腕を回す。

案の定、怒られたが、構わずくっつく。

遠慮して、空気を読んで、あとで恥ずかしいことをしたと黒歴史を作ったりしないように、もう大人になったんだからといろいろ自分のやりたいことを隠してきた。

だけど、こうなって思った。

人も動物も命は儚い。いつ消えてしまうかわからない。

その刹那《せつな》が来た時に、あれもやっておけばよかった、これもやっておけばよかった、と後悔をしたくない。その歳になって何をはしゃいでいると言われようと、自分がやりたいことをしようと思ったのだ。

自分でも馬鹿な考えだと思う。

だけど平均年齢八十歳超えのおばちゃま霊の児玉さんたちからしたら、三十歳超えの那美だって若いお嬢さんだ。人生、まだこれからなのだと思う。

人だから、幽霊だから、永遠はない。いつかは離れることになる。だからこそ、一緒にいられる今この時が愛おしい。

そう、実感したからだ。

第三話

実はモフ好きですが、それが？

池の上に突き出た岩に、亀が乗っている。

そしてその亀の上には、一回り小さな亀がちょこんと乗っていた。


宝殿動物霊園に在籍する僧、吉川孝信は、霊園の僧侶用の控室で、法要に使う小さな動物用の卒塔婆の用意をしていた。

墨を筆に含み、すっと白木の板に滑らせる。

強弱をつけ、踊るように、それでいて止めはしっかりと。心を込めて、名を書く。

事前に喪主に記入してもらった用紙を見ながら、〝家族〟の名や入滅日時などを書きこむ。

葬儀を執り行い、経を読むだけが僧侶のなすべきことではない。園内にある慰霊碑などに香を手向け、御本尊を安置した堂の清掃を行い、墓前にお参りに来た人たちの話を聞き、初七日、一周忌、合同で執り行う大法要などの準備もする。

それから、次の当直者への引継ぎとなる、業務日誌を書く。

霊園に葬られた動物たちは皆、誰かの愛しい家族で伴侶であったものたちだ。一体もおろそかにしてはいけない。気づいたこと、聞かれたことなどを詳細に記す。

それらが終わると、孝信は日課としている写経を始める。

業務の合間の空いた時間、こうして経を写し、欲する人がいれば心を慰めるために手渡したり、小さな棺に入れたりしている。

背筋を伸ばし、筆を持つ手に力を込めすぎないよう、自然に紙の上におき、筆を動かす。

美しく書こう、速く書こう、などという雑念を振り払い、ただただ筆を走らせることだけを考える。丁寧に磨《す》った墨は紙をにじませることなく、流れるように白い紙面にありがたい字を浮かび上がらせていく。

あと、二行。

ここで心を緩めてはいけない。

改めて心を引き締めた孝信が、筆に墨を吸わせ、ふっ、と、息を吸い込んだ時だった。

「ねえ、亀って本当に重なるの、知ってた？」

目の前の紙面に、いきなり人間の顔が突き出てきた。

地中から顔を出すタケノコかモグラのように、ひょっこり紙の上に出現したのは、最近、霊園に入り浸っている幽体離脱霊の那美さんだ。

突然、卓上に出現した人の生首という衝撃の視界に、思わず筆が横滑りする。きちんと並んでいた字に、びーっ、と太い墨の線が交じって紙が一枚、反故《ほご》になった。

孝信の額に青筋が浮かぶ。

が、那美さんの生首は、そんな孝信に気づかないように興奮して話しかけてくる。

「あっちの池！　すごい、私、この歳になって初めて見た。吉川君って今日はもう仕事終わりだったよね？　スマホ持ってない？　写真、撮ってほしいんだけど」

よいしょ、と机の上に這い出すように、首下から肩が現れ、池の方を指す腕が現れる。

貞子《さだこ》か。

「お願い、早くしないと亀がどこかに行っちゃうっ。私、今はスマホ持てないし」

「……池の亀たちはもう何年もあそこで暮らしています。そうそういなくなったりはしません。あわてずとも待てばそのうち二匹でも三匹でも積み重なってくれるでしょう」

それよりも、と。怒りを押し殺して、告げる。

「こちらは仕事中なんです。ここに来ることを止めはしませんが、仕事の邪魔だけはしてくれるなと言いましたよね」

「え、業務日誌もつけ終わって次の当直の人が来るのを待つだけでしょ。暇で一人じゃ寂しいから字の練習して気をまぎらわせてたんじゃ。だから親切で誘ってあげたところもあったんだけど」

「字の練習じゃありません！　ありがたい写経です！」

まるで遊んでいたかのように言われて、つい、孝信は声を荒らげた。

「僧侶は一日すべて、これ、修行なんです。暇をしている時間などありません。一日、亀と戯れていられる暇人と一緒にしないでください。というか、あなた幽体でしょう。何を堂々と昼間から見晴らしのいい寺の真ん中にある池に出没してるんですか。世間一般では幽霊とは夜に出るものとなってますよ。霊力ある人に見つかったらどうするのです」

「えー、夜にこそこそ来て亀を見るの？　夜のお寺って怖いじゃゃない」

「幽体の自覚は」

「何を今さら」

言って那美さんがふり返る。開け放った障子の外、縁側の向こうには、ずらりと犬霊たちの顔が並んでいた。

隣接する動物霊園に居ついている、動物霊たちだ。

お行儀がいいので許可なく屋内に入っては来ないが、皆、遊んで、遊んで、と目を輝かせている。……しっかり昼間から出ている。

「あー、これだから今どきの幽体は」

昼夜関わらず、出っ放しだ。風情も何もあったものではない。

「とにかく。ここにいる間は話しかけないでください」

僧と幽体の間でのなれ合いは、せめて寺領内にいる間だけでも慎みたい。

話しかけるな、邪魔をするな、と、丁重に態度で示して、孝信は期待に満ちた動物霊たちと那美さんに背を向けた。耳を手で覆い、会話の終わりを告げる。

ここまでするとさすがにあきらめたのだろう。那美さんが犬霊たちをつれて去っていく。

その背をそっと横目で見送って、孝信は耳を覆っていた手をほどいた。はあ、とため息をつく。

アンディ君が会社の後輩を慰めるために出て行った一件から、明らかに那美さんは変わった。前のように〝気にしい〟の遠慮がちな態度を止め、童心を取り戻したように、自由にふるまおうと努力している。

それは彼女の心の在り方を考えると歓迎すべきことだが、僧侶としてまだまだ修行中の孝信は着実に、調子を崩されている。

僧侶となり、経を唱え、心を静謐《せいひつ》に保つ努力をしてきたつもりだった。住む場所もあえて街中の庵めいたこぢんまりとしたところを選び、所有する品も最小限にしてきた。

よけいな執着心を持たないようにするためだ。

なのに穏やかだった生活が、彼女の出現でかなり乱されている。

それを落ち着けるための写経でもあったのだが。

手元を見る。

反故となった横一文字の太線が見苦しい。が、その下の一見きちんと並んで見える字。

彼女は書には素人のようで気づかれなかったが、自分にはわかる。今の字が、以前のようには静謐を保っていないことを。

「……自分の未熟がつらい」

孝信はまたため息をつくと、小さく肩を落とした。

◇◆◇　◇◆◇　◇◆◇

「人に霊感あるとこ見られるのが嫌だっていうから、わざわざ床下をつっきって周りに誰もいない時に誘いに行ったけど。無理か。吉川君を誘い出すのって難しいなあ」

那美はため息をつきながら、外で待機していた犬霊たちに合流した。

亀の件は口実。本当は彼を犬霊たちとの遊びに参加させたかったのだ。

（吉川君は実はモフ好きだし。犬霊たちにもさわりたくって、見ないふりしてるけどそわそわ気にしてるって感じたの、間違ってないと思うんだけどなあ）

彼は幽体と関わることは避けたがる。

それは他の人に見えないものと話している姿を見られて、おかしな人扱いをされるのが嫌だから。だから、普段から見えないふりをしている。

（だったら、他に人がいないときならモフ霊たちと触れあっても大丈夫だと思うんだけど。ここの犬霊たちは皆、賢いから、待て、ができるし。仕事中はそばに行ったら駄目って教えられると思うんだけど）

当直時間が終われば吉川君はさっさと家に帰ってしまう。

動物霊たちは霊園から出られないし、アパート住まいでペットを飼えない吉川君が動物と触れあおうと思ったら、ここしかない。だから那美としては自分がここにいる間に何とか吉川君と動物霊たちの仲を良好にしたいのだ。

……自分が去ったあと、吉川君が寂しい思いをしないように。

あのオムライスをもらった時に思った。与えられた優しさを返したいと。

那美が落ち込んだ時には吉川君がいてくれた。後輩の加奈ちゃんには犬霊のアンディ君が寄り添った。

なら、吉川君が一人になったときには、誰が隣にいるのだろう。

那美は自分がいなくなったくらいで吉川君が落ち込むなんて自意識過剰なことは考えていない。だが、吉川君だって人間だ。これからの人生で一人が寂しくなることだってあるだろう。ただでさえ彼は人間関係に気を使うタイプだ。

その時に那美がそばにいられるとは限らない。

那美はいつ消えるかわからない、幽体離脱霊だから。

だからせめてここの犬霊たちに彼を託していきたい。そう思ったのだ。ここの子たちは数が多い。人間墓地の沼田さんのようにいったいいつからいるのだろうという年季の入った霊もいる。那美よりは彼のそばに残れる確率は高いと思うのだ。

だが、うまくいかない。

自分の考えを彼に押しつける気はない。でも彼が気になるのは今の那美の〝本当〟で。

「……ってことで。吉川君、まだ帰らないみたいだから、私だけ帰るわけにもいかないし、もう少し遊んであげる」

「ワフワフッ」

さっそく食いついてくる犬たちに、「よおし、一着の子には思い切りもふもふ撫でてあげるから」と言うと、犬たちが勇んで庭の散策コースを競争し始めてくれた。

那美はふわりと宙に浮かんで、可愛すぎる犬たちの運動会を特等席から観戦する。

「ゴールはここだからねー。池の横の芝生のところ。到着した子からわしゃわしゃしてあげるから」

言いつつ、宙を移動して庭園の中央部にある池まで行く。

幽体は五感を持つ体から抜け出た時点で、疲労や飢え、渇きなどを感じなくなる。

が、犬たちは人とは違い野生に近いというか、本能で生きているところがあるので、けっこう生前の生活習慣をひきずっている。

だから運動すればつかれるし、お昼寝をしたりもするのだが、そんな彼らに付き合っているからか、那美も最近は動くと体がつかれるようになった。

なのでこのお庭競争も那美は一人だけズルをして、宙にふわりと浮いてくねくね曲がった散策道も茂みの上をショートカットだ。

(これでかなり距離と体力を稼げる)

元気の有り余った犬たちに真っ向から付き合うとアラサーの那美は体力がもたない。

最初は扱いに困った幽体だが、慣れると快適だ。池の上でもすいっと滑って濡れずに移動できるし、間近で亀や鯉を眺められる。

それに、実は幽体は外歩きに向いているのだ。

何しろ実体がないので蚊や蜂といった困った虫に刺されたりしない。木の茂みや蜘蛛の巣とぶつかっても平気だ。すり抜けてしまう。

「便利よねー。この分だと夏になっても蚊取り線香いらないいんじゃない？」

自宅に帰った時にはゴキブリにグライダー飛行アタックをかけられて逃げ出したが、あれだって冷静になればよけられたように思う。……まあ、だからといって奴がまだいるかもしれない家に一人で戻るのは嫌だが。

たまに何かに触れたくなる時もあるが、そこはそれ。ここは動物霊園だ。成仏を待つ間、居ついている可愛い動物霊たちがいる。

毎日お経を聞いて香を体に纏わせた動物霊たちは皆、霊力が高い。相手が霊なら、触れあうことができる。なので思う存分もふもふできる。

向こうも撫でられることに飢えているらしく簡単に腹を見せてくれる。撫で放題だ。

「ワフワフウッ」

一着で池の畔の芝生に駆け込んできたゴールデンレトリバーのコウキ君が、褒めて褒めて、と暑苦しいまでにアピールしてくる。那美はよしよしと飛びつく大きな体を押しとどめながら、全身を使ってわしゃわしゃと撫でてやる。ふかふか毛皮の下にある、しっかりとした温かな体が気持ちいい。

コウキ君を離すと次はワタシと、クリクリくせっ毛のトイプードルのレイちゃんが飛びついてきた。コウキ君の滑らかな毛とはまた違った感触だ。まるで動くぬいぐるみのレイちゃんを抱っこして頰ずりする。

かけっこに参加している犬たちは体格にばらつきがある。なので「一着の子には思い切りもふもふ撫でてあげるから」と言いつつ、犬たちが何着でも撫でてやる。

小型犬や脚の短いダックスフンドは庭園内の段差を降りられなかったりするので、付近の芝生を跳ねまわるだけで良しとしている。

が、それでも数が多い。

「はいはい、順番に撫でてあげるから待っててね」

両手を使って同時に二頭撫でても順番待ちの列はなかなか減らない。腕がつかれる。

そして撫で撫でタイムが終わると次は、

「……うん、わかってる。お遊びタイムだよね」

何度も言うが彼らも運動すればつかれてくれる。

が、そのつかれてくれるまでの運動量が半端ない。

小型の室内犬やブルドッグといった犬たちは体が長時間走るようにできていない。が、走りさえしなければ体力も持久力もある。

押し倒され、必死に逃れようとしていた吉川君の抵抗も、狩猟犬をルーツに持つ彼らにかかれば遊んでもらっているという感覚になるくらいだ。恐ろしい。

「だけど、まあ、先に思い切りかけっこさせたから。あと、半時間ほどボール投げをしたら何とかお昼寝タイムに入ってくれるかな」

吉川君から遊び用のボールをたくさんお供えしてもらって助かった。

那美は着々と犬の扱い方を覚え、かけっこの途中で迷子になった子がいないか、群れの頭数を数えながらボールを投げる。

「ほーら、とってこーい」

現在、セントバーナード犬霊のアンディ君は那美の会社の後輩、加奈子宅へ慰安のため出張中、残る犬霊は二十七匹だ。

運動には参加しないご老体でいつもお昼寝中のシェパードのジェット君、番犬時代の癖が抜けず山門でずっと見張りをしてくれている土佐犬の重三郎ちゃん——強面だが女の子だ——など、ここにいない犬も合わせると大型犬が五匹、テリアなどの中型犬が十三匹、あとはチワワやミニチュアダックスフンドなどの小型犬たちという内訳だ。

そんな犬たちが一団となって、ワンワン、キャンキャン鳴きながら那美にくっついてくる様子は、可愛いを通り越して騒がしいというか、パワフルだ。動物が苦手な人なら、間違いなく恐怖を感じるだろう。

普通に生きている時はペットに縁がなかったのに、幽体離脱をしたら初心者の身でいきなり多頭飼いをする羽目になるなんて、考えもしなかった。

しかも、ここにいるのはこれら犬霊だけではない。

那美には、他にも相手をしなくてはならない霊がいる。


「那美ちゃーん。犬の相手、終わった？」

那美がボール遊びを終え、つかの間の休息をとっていると、やはり現れた。

隣の人間用墓地在住のおじさん霊、沼田さんだ。

那美が休憩に入るといつも見計らったかのように人間用墓地からやってくる。

「……あの、沼田さんって成仏しようって気、あります？」

「うーん、どうだろうねえ。こういうのって、ほら、なるようにしかならないものだし？ま、またそのうち、おいおいに……」

白い着物に天冠といった古風な装束をまとった沼田さんが目を逸らせる。見るたびに思うが、彼はいったい何年幽霊をやっているのだろう。

彼を見てると吉川君が幽霊のこと無視しようとするのもわかる気がする。忙しい現代人からすれば、暇を持て余した幽霊の長話に付き合わされるのはきつい。

（それにしても私、幽体になってから、やたらと話し相手に指名されてる気がするなあ）

モテ期か？　まあ、新入りが珍しくて皆、寄ってきているだけだろうけど。

基本、幽霊は暇だ。なので少しでも相手してもらえる人がいると寄ってくる。

悪気はないが、生きている人間からすれば強敵だ。何しろ彼らは睡眠の必要もなく二十四時間、暇を持て余している。そのうえ鍵も壁も侵入を防げないのだ。人の都合に関係なく、ずいずい押してくる。

だから吉川君も一度、話し相手認定をされてしまえば終わりだと、ハリネズミのようになって警戒していたのだ。

「……一人だと寂しいのはわかりますけど。沼田さん、自由にここまで来れるなら、犬の相手を手伝ってくれたらよかったのに」

「おじさん、ほら、もうおじさんでしょ？　体力なくて。ごめんね」

沼田さんが、えへ、と、都合のいい時だけおじさんぶりっこをする。

「こうやって那美ちゃんとお話するだけなら大丈夫なんだけどなー」

「セクハラ親父みたいなこと言わないでください。話がしたいなら沼田さんの墓地にだっているんでしょ、他の幽霊さんたちが。その人たちと話せばいいじゃないですか」

「だって、ほら、あっちの墓地はここと違って由緒正しいっていうか、古いでしょ」

沼田さんがもじもじ指を捏《こ》ねくりまわす。おじさんがもじもじしても可愛くない。

「いっぱい先住霊がいるんだよねー。おじさん、頭が上がらなくて。その点、こっちにいるのは若い那美ちゃん一人だけだから。お昼の間くらいこっちにいようかなって」

隣にある人間用霊園は古くからある檀家さん専用の墓地も含めるとかなり広い。墓もたくさんある。が、那美は今のところ沼田さん以外の人間霊を見たことがない。

(夜になると出てくるのかな)

那美も人づきあいが下手なので人のことは言えないが、死後まで上下関係に悩まされているとは気の毒なおじさんだ。

「そこはもう一律、死んでるんだから序列は同じって開き直れないんですか？」

自分のことは棚に上げて言った那美に、沼田さんが「えー」と不満そうな声を上げる。

「那美ちゃんみたいにはいかないよ。ほら、僕って繊細だから」

「どういう意味ですか」

その時だった。ようやく今日の業務を終えたのか、私服姿になった吉川君が事務所から出て来るのが見えた。

が、いつものように通勤用の原付が止めてある従業員用駐車場へは向かわず、寺のほうへと歩いていく。

「あれ？　どうしたのかな、車出してる」

「あー、あの車、住職さんのだよ。借りたのかな？　どこに行くか聞いて来たら？」

「でもさっき怒らせたばっかりだし」

那美はためらう。

「だから今日も原付二人乗りはやめてバスで帰ろうかなって思ってたくらいで。私、ただでさえ吉川君にはいい歳して能天気な霊だって、あきれられてるから」

さっき追い出されたばかりなのに、それを忘れたかのように声をかけていいものか。

（……ここらへん、我ながら前彼のこと引きずってるなあ）

元彼を慰めようと明るくふるまって、「能天気」と言われた心の傷はまだ癒えない。

「それは気にしなくていいんじゃないかな。孝信君が霊体にそっけないのは今に始まったことじゃないし」

沼田さんが、あはは、と笑う。

「僕にだってすごくツンツンしてるよ。幽体は近づかないでくださいオーラがすごいっていうか。この間は三時間、隣に座ってたのにガン無視されたよー。……まあ、相手が那美ちゃんだと、いつもの倍増しでよけいに青筋たててるってのは確かにあるけど」

「え？　どうして私だけよけいに青筋の倍増し？」

「ほら、彼、僧侶じゃない。だから人が亡くなったら供養して、遺された人の心を和らげたり、死んだ人が迷わず成仏できるよう願うのが仕事でしょ。なのに、那美ちゃんの場合、成仏させちゃまずいわけじゃない」

「あ」

「どう扱っていいかわからなくて、よけいに壁作ってるんじゃないかなあ」

彼も若いから、僧として経験不足だしねえ、と沼田さんが腕を組んでうなずく。

「それになんとなくだけど、見てると彼、幽霊をうっとおしがってるんじゃなくて、何かこう、関わり合うことに怯えてるような気がするんだよね。おじさん、ずっとここにいてたくさん僧侶も、視える人も見てきたから。この見立ては確かだよ」

「怯えて？　どうして」

「さあねえ。だから、まあ、今日のところは行っていいと思うよ。でないと孝信君の方からは絶対、近づいて来ないから。那美ちゃんが動かなかったら彼、壁の中に閉じこもったままだよ。あんなに頑なにならないで、もっと広い心で霊魂と付き合う方がいいと思うんだけどねえ」

沼田さんが珍しく包容力のある顔をして、含蓄あるっぽいことを言う。

「それに気まずくなった時は早く解決しないとどんどん気まずくなるよ。那美ちゃん、一緒に暮らしてるんだし、そんなの嫌でしょ？　心配しなくても孝信君は根は優しい子だよ。那美ちゃんのほうが年上なんだし、大人になって広い心で孝信君を導いてあげなきゃ」

沼田さんが片目をつむって、ぐっ、とサムズアップする。

入滅年代不明の沼田さんだが、こういう仕草は知っているらしい。病院幽霊の児玉さんたちと同じで、幽霊になってから覚えたのかもしれないが。

沼田さんが那美の顔を覗き込んで重ねて言う。

「知ってるでしょ、彼が優しい子だって」

「……うん。知ってる」

口ではいろいろ言うけれど、押しかけた最初の時から彼は優しかった。

同居を始めたときだって追い出したっていいのにそうはしなかった。押し入れに泊めてもらえることになって、中の物を出した時も彼が「どうぞ」と言ったのだ。

他に部屋も間仕切りもない独身者向けの部屋だ。もちろん余分な寝具などないだろう。だが押し入れの中には座布団の上に毛布が敷かれていて、枕元にはつけっぱなしの懐中電灯が置かれていた。

那美が暗いところを怖がるからだ。

それに翌朝、おそるおそる押し入れから出てみると、部屋には境界線のように押し入れから引っ張り出したカラーボックスやプラスチックケースで壁が作られていた。

押し入れの上段を空にしたついでに、押し入れの前に目隠しの壁をつくって、那美のプライバシーを守ってくれたのだ。

（……やっぱり何のかんのいって面倒見のいい人だよね。彼）

あのツンツン吉川君を導くなんて幽体初心者の那美には荷が重いが、気まずい空気を吹き飛ばすために話しかけることならできる。

「納得したなら、いっておいで」

さすがは年の功、沼田さんが大人の包容力で背を押してくれる。

那美も今だけは素直になって年長者に従うことにする。

「うん、いってくる」

意地を張るのも、自己防衛のために距離をおくのも簡単だ。

だけどそれで限られた時間を無駄にしたくない。

那美は一時的にここにいるだけの幽体離脱霊だ。だから後悔することはしたくない。残された時間を思い切り愉しみたい。何より那美自身が人と触れあいたい。

またね、と手をふる那美を、沼田さんはにこにこ笑って見送ってくれた。


「何してるの?」

吉川君の隣にふわりと浮かんで、那美は聞いてみる。

彼は事務所脇に移動させた小型のバンに、猫を入れたケージやキャリーバッグを積み込んでいるところだった。

「吉川君、この子も連れてってやって。シャンプーするの間に合ったから。ほら、洗い立て、乾きたてでほかほかよ」

売店の主《ぬし》の小林さんが、洗い立てでフローラルな香りのする、ふかふか毛皮の猫のなーさんを入れたキャリーバッグを運んでくる。

また一匹増えた。

ひい、ふう、みぃ……。全部で五匹も猫を車に積んでいる。

「……この子たち、幽霊じゃなくて生きてる子たちでしょ。病院に連れて行くの？」

さっきの諍《いさか》いのことなど忘れたように、さらりと聞く。そうすれば僧侶である彼も蒸し返せないと知っている。

少しどころでなく狡いやり方だが、水に流すのも重要だ。

沼田さんとの会話で心が広くなっている那美は、できるだけ屈託のない顔をして彼の手元を覗き込む。

ケージの中から那美を見上げているのは、寺のマスコット猫、なーさんはじめ、寺に住み着いている人懐こい猫たちだ。

前に吉川君に聞いたら、野良猫や棄てられた猫たちが流れ流れてここに辿り着き、そのまま住み着いてしまったのだと教えてくれた。そうなると寺側としても放っておけず、外飼いにしているというか、世話をしているそうだ。

参拝客などに尋ねられた時に飼い猫と言い切るにはゆるい関係だが、猫たちも一宿一飯の恩義を感じているのか、訪れる客人たちにもなついて接待役になってくれて、ケージに閉じ込めて動物病院へ連れていったり、風呂場に押し込めて洗ったりしてもおとなしく我慢してくれている。

忙しい小林さんがせかせかと売店に戻っていったのを見送って、もう一度、吉川君に尋ねてみる。

「僧侶も大変ね。勤務時間外にもいろいろ仕事があって」

「……いえ、仕事ではありません。今日はこの子たちに手伝ってもらいたいことがあって、僕に同行してもらうだけです」

重ねて問うと、吉川君がやっと返事をしてくれた。

ツンな彼はまだ少し顔をしかめているが、ずっと怒っているのも大人げない、僧侶らしくない、と己を律したらしい。よかった。それにしても、

(やっぱり、この子たち、っていい響きだな)

那美もここに来て覚えた動物たちへの呼びかけ方だが、温かな身内感がある。良い言い方だ。

ここがこの子の家で、居場所がある。そう皆に認知されているようで。

そう言われて見ると、ケージの中で丸くなっている猫たちは、堂々たる矜持持ちの猫たちに見える。

「もともと、猫ではなく犬に手伝ってもらっていたことなんです。今はいませんが少し前まではここには犬もいたんですよ。檀家のご老体が飼っていた犬なんですが、飼い主さんが体調を崩して入院することになって。飼えなくなったからと相談を受けた住職が引き

取ったんです。寺を訪れる方々の中に犬を怖がったり、アレルギーを持っている方がいると困るので、霊園のほうで預かっていたんですけど」

ずいぶんと人懐こい犬で、あっという間に動物霊園の人気者になった。それを見た住職が、せっかくだからと、セラピードッグとして保育園や病院などの訪問を行いながら、新しい飼い主が現れるのを待っていたらしい。

「その子は無事、里親が決まってもらわれていきましたが、以来、住職は霊園に居ついた動物たちと人との交流を続けておられるんです」

ゆったり生きる彼らの姿には、人間たちもいろいろと学ばせてもらえるらしい。

「で、今日は住職の代わりに僕が猫たちのお供です。仕事というか、ボランティアですね」

吉川君もまた、学生時代から病院や老人ホームの慰問をしているらしい。今も夜勤の当直明けなど、午前中に仕事が終わる日は、住職の車を借りて活動を続けているそうだ。真面目か。

「以前は保護猫団体などの里親探しとかを手伝っていたんですが、今は霊園にいる犬や猫たちに手伝ってもらって、アニマルセラピーも兼ねた慰問を行っています。僕がここに籍をおくことになったのも、その頃に住職と面識があったからなんですよ」

「そういえば前に、『理由があれば有髪を認めてくれる宗派もあるんですよ』って言ってたっけ。このボランティアのことだったの？」

「保育園などに行くには僧衣でも構わないのですが、病院や老人ホームだと気にする方がたまにいらっしゃいますからね。私服でも頭を剃っていると目立ちますし」

確かに。病院を僧侶が歩いていたら、すわ、誰か亡くなったかと身構えてしまう。セラピーどころではない。

「私も行く」

律儀に返事してくれる彼が嬉しくて、那美は言っていた。

金魚の糞か、カルガモ親子かと自分でも突っ込みをいれたくなったが、一人でアパートに戻ってもすることがない。部屋の主がいないのに居座るのも落ち着かない。

そうしてやってきたのは、市内にある民間の有料老人ホームだった。

小川の畔に建っていて、なかなか景色がいい。

ここの経営者は吉川君とは保護猫ボランティア活動を通しての知り合いで、その縁で吉川君にセラピー訪問依頼をしてくれたそうだ。

来客用駐車場に止まった車から降りて、那美は大きな建物を見上げる。

「老人ホームなんて初めて来た」

まばらに田畑も残るのどかな風景に溶け込む、濃いベージュに塗られた建物だ。病院とマンションを足して割ったような外観をしている。

正面の扉をくぐると、談話室も兼ねた広いロビーがあって、入所者がつくった置物や絵が並んでいた。

「なんだかカルチャーセンターか公民館みたいな雰囲気」

「老人ホームといってもいろいろありますからね。ここは昼の間だけですが看護師さんもいて診療所も併設した、病院に近い形式のものですね」

他にはまだ元気な内から入るシェアハウスめいたものや、アットホームなグループホーム、コンシェルジュまでいるホテルのような豪華版もあるらしい。

（いつも思うけど、まだ若いのに吉川君っていろいろよく知ってるよね）

それに、

（……ちょっと丸くなった？）

前からスイッチが入ると滔々《とうとう》と蘊蓄《うんちく》語りをするところがあったが、ここ最近は特によく話してくれるようになったと思う。

（最初は毛を逆立てた猫みたいに「話しかけないでください」ばっかり言ってたのに）

やっとあきらめて那美の存在を受け入れてくれたのだろうか。そう考えると迷惑かけてるなあ、と自責の念が湧いてくる。

（だけど、やっぱり一人は不安だから。吉川くん家の居候やめたくないんだよね……）

いい年をした大人が情けないと思うが、幽体歴で考えると那美などよちよち歩きの幼児とかわらない。何か突発事が起こると一人では対処できない。霊に詳しい吉川君の存在は必須だ。

最近では吉川君が暮らす昭和なアパートにも慣れてきて、このレトロな雰囲気を生かして改造できないかと、ＤＩＹ魂がうずうずしているくらいだ。

（だってあのアパート、もったいないんだよね。二階の四部屋は吉川君とお隣さんがいるけど、一階はガラガラだし。レトロお洒落な感じに改造したら、交通の便だっていいところだし、女の子の入居者だってできそうなのに）

古い建物だからと家賃は安く入居者も少ないが、最寄り駅まで徒歩五分、しかも周囲は昔ながらの住宅街で女の子の夜歩きも可能なよい立地。裏手のベランダ側がちょっとした谷になっているから、採光もいい。

一度、お隣さんの苦情を受けて風呂釜の様子を見に来た大家さんを見たことがあるが、人のよさそうなお爺さんだった。吉川君は、「あのお齢ではもうアパートの改築などはせず、今、入居している人たちが出たあとは、建物をつぶして更地にして売ったほうが楽と考えておられるのかもしれませんね」と言っていたが。

（それはそれで惜しい。あのアパート、外観は古いけど土台はしっかりしてるし）

今どきのアパートは便利だが、内壁は壁紙を貼っただけの殺風景なものが多い。

その点、木の柱が見えていたり、漆喰壁が残っていたりする古い建物は味がある。借景となる裏の谷には小川が流れて小さいながらも竹藪があり、大きな柿の木も残っていたりと風情もある。日本人の原点と言うか、ちょっと丁寧に日本茶を淹れてほっと一息つきたくなるような、そんな空気があるのだ。

（あれを生かさない手はないと思うんだけどなあ……）

と、趣味に走りまくったことを考えていると、ホームのヘルパーさんたちが、次々と入所しているお年寄りの介助をして現れた。

「吉川さん、今日もよろしくお願いしますね」

ふっくらとしたおば様と、ハーフアップ髪の女の子のヘルパー二人が、慣れた手つきでイベントホールの扉を閉め、吉川君から渡された猫たちを、椅子や車椅子に座ったお年寄りたちのそばに連れて行く。

周囲に無関心だったおばあさんやおじいさんたちが膝にそっと猫を乗せられたり、ヘルパーさんが抱っこしている猫に触れたりしているうちに、みるみる目尻が下がり、満ち足りた優しい顔になっていく。

（これが癒し効果か……）

顔に生気が戻って、目が輝いている。猫たちがゴロゴロ言いながら手に顔を擦りつけると、声を上げて笑い出す人もいる。見守るヘルパーの人たちも楽しそうだ。

「ほんとうにありがたいですよ。ここでの暮らしは刺激が少ないですから。私たちも頑張っていろいろイベントを企画してるんですけど、限界がありますからね」

「吉川さんと猫たちに来ていただけると、そのあとは皆さんの機嫌がよくて食欲も増すし、寝つきも良くなるみたいなんです」

「そう言ってくださると来たかいがあります」

吉川君も嬉しそうに応えている。猫たちもかまってくれる人がたくさんいて満足そうだ。

（やっぱり、触れあうって大事よね）

お年寄りの膝に乗せられた猫たちは、おじいさん、おばあさんたちの膝が痛くなるからという理由で、少し経つと次の人の手へと渡されている。猫たちに膝から去られた人は寂しそうだが、それでも頬の血色がよくなっている。

温かな毛皮に触れ、猫のまん丸い目でじっと自分だけを見つめてもらえて。世の中に必要とされている、存在しているという感覚を思い起こせるのだと思う。

那美も幽体になってから、誰にも見てもらえず、さわってもらえず、孤独を嫌というほど嚙みしめた。時間が経つのがすごく遅くて、自分という存在が希薄になった。

そんな時、吉川君に会えてどれだけ嬉しかったか。

人は群れをつくる生き物なのだとつくづく感じた。那美が霊園の犬たちを無下にできないのも、それがあるからだ。

人も、犬も、猫も。

誰かに見てもらう、声をかけてもらう。そういう時間が必要なのだ。生きていくために必要なご飯や寝床と同じで。

今日はもう吉川君の仕事は終わり。午後はまるまる休みなので慰問が終わればそのまま車と猫たちを霊園に戻して、帰宅するらしい。

霊園に戻る車の中で言ってみた。

「いいことしてるね」

「え」

「さっきのボランティア。なかなかできることじゃないよ。まだ若いのに偉いよねえ」

皆、笑顔になっていた。もう帰ると言うと、泣きそうな顔になって猫を抱きしめる人までいた。

「入所者の人たち、すごく名残を惜しんでくれてたよね。そういえばお寺の猫たちは保護猫っていうか、里親を探したりもしてるんでしょ？　誰かあそこの入所者の人が飼ってくれたらいいのに」

「……それは難しいでしょうね」

那美さん、動物を飼ったことは？　と聞かれた。

「ペット可なホームもありますが、お年寄りに動物の世話は大変なんですよ。世話をする相手がいる、それが生きる励みになる方もいらっしゃいますが、動物の世話は重労働で腰を痛めたりすることもありますからね。それにそこを超えても問題があります」

寿命です、と彼が言った。

「言いましたよね？　寺の住職が初めて引き取った犬は、それ以上世話ができなくなった檀家の御老人から預かったのだと」

「……飼い主になった人が、先に死んでしまうかもしれないってこと？」

「逆もあります。どちらにせよ、遺されたほうが悲惨ですよ」

だからこれくらいの触れあいでいいのだと彼は言う。

「一時だけ触れあっても別れの時は寂しい。お互い、不幸にしかならない。わかっていても訪れる。さっき那美さんは僕に『いいことしてるね』とおっしゃいましたが違います。偉くなんかありません。僕のはボランティアじゃありません」

「え」

「ボランティアとは無償の奉仕のことです。ただ相手のことを考えて、無私の心で尽くす。僕はそれができていません」

自分のためにやっているのだと彼が言った。

「あの笑顔を見たいから、何もせずにいるのは落ち着かないから。時間を無駄にしていない、誰かのために尽くしていると思いたいがため。それは虚栄心や、時間に対する執着です。結局は我なんです」

「……そんなひねくり回さなくても」

吉川君は根は優しいのに、口が悪いだけでなく、考え方が斜め下方向にねじれている。

(いや、違うか。優しくて真面目な人だからかえって複雑に考えちゃうのか)

自分がまぎれもなく善意からしたことでも、この人は真面目に、なぜ、自分がこの行為を行ったかを考え、自分の善意まで疑ってしまうのだろう。

どちらにしろ生きにくい、難儀な人だと思う。

「……吉川君ってどんな家で育ったか想像できない。霊が見えるし、小さい時大変だったでしょ」

「そうでもありませんでしたよ。うちは神社でしたから」

「え」

「神道では霊の存在を認めていますからね。母も視える人でしたし」

それで僧侶のくせに、「神道では人が亡くなることを、帰幽する、と言います」とか言ってたのか。いや、そういう問題ではない。

「って、神社の息子が僧侶になったの？　なれるの!?」

「そりゃなれますよ。この国では宗教の自由は認められています。幸い、実家の神職は弟が継ぐと言ってくれましたし」

「しかも吉川君ってお兄ちゃん!?」

「……僕が兄で長男だと何か問題でも？　まあ、いろいろと思うところがありましてこうしているんです。そのことを後悔はしていません」

そのまま口をつぐんでしまわれたが、少し、吉川君の深いところに触れた気がした。

（考えてみると、すごいわけありだよね、彼）

視えるし、さわれる。

根は優しい彼のことだ。小さな頃は霊たちに手を差し伸べたりしていたのかもしれない。

でも、今の彼は霊を視えないふりをする。

（何があったんだろう）

気になったが、那美はただの彼の周囲にいる霊体の一人。踏み込む資格はない。

ただ、思った。

もしかして彼が霊と関わりたがらないのは、この辺に原因があるのではないかと。

その時、後部座席に固定したキャリーから、「にゃあ」と声がした。

重くなった空気を感じ取ったのだろうか。

「……なーさんが退屈しているようですね。少し急ぎましょう」

安全を心がけるため、少し運転に集中しますよ、と。

彼はそれきり黙ってしまった。


「ふーん、昨日、そんなことあったんだ」

翌日、いつもどおりに吉川君と出勤した那美は、墓石の上で日向ぼっこをしていた沼田さんと合流していた。周囲でじゃれる猫霊たちを見ながら、芝生の上に足を延ばして座り、空を見上げる。

前に見たのと同じ青い空だ。

だけど今日の空は同じように晴れていても、妙に心に染みる青さだった。

「……そういえば沼田さんはここからは出たりしないの？」

「うん」

病院霊の児玉さんたちは、自由に病院を出入りしていたが。

「地縛霊とかいう霊の類なの？　それとも自由に動ける霊のほうが特殊で、普通は墓石とかの近くから動けないものなの幽霊って？」

「ううん。僕は特にここに思い入れもないし、行こうと思えばどこでも行けるよ。ただね、自分でここからは出ないって決めてるんだ」

そう言って沼田さんが広い霊園を見る。

ここの霊園は古くからこの地にある寺、中輪寺が、時代の波に合わせて寺領の山林を有効活用しようということで併設したらしい。

檀家さん用の墓地とは違い、霊園のほうはどんな宗派の人でも受け入れている。だからだろうか。いろいろな形のお墓がある。樹木葬というものらしいが、木が一本生えていて、その前に小さなプレートだけが埋め込まれたものまである。

那美はまだ若いからと深く先のことを考えたことはない。が、こうしているとちょっと考えたほうがいいのかなと思えてくる。お一人様なのだから、自分で死後の準備もしなくてはならない。

「……お墓があるって、やっぱり嬉しいもの？」

「うーん、どうだろうね。人それぞれだしね」

前は那美にお墓を作れと誘ったくせに、沼田さんがそっと目を逸らして、あいまいな表情をする。

嬉しくないのだろうか。お墓参りや葬式は、遺された人たちが行うもの。お墓を建て、参ってくれるのはそれだけ亡くなった人を忘れずにいてくれるということで、嬉しいことのような気がするのだけど。

その時、霊園の送迎バスが山門前に到着して、一人の老婦人が降りて来た。とたんに沼田さんが及び腰になった。こそこそと、自分の墓のある墓地へ帰ろうとする。

「どうしたの？　あの人、沼田さんの知り合い？　仲でも悪いの？」

「違うよ、あの人は三沢《みさわ》さん、僕とは関係ない人だよ」

「三沢さん？」

「僕じゃなく、動物霊園のほうのお客様。よくお参りに来るから覚えちゃった。愛犬を亡くしてねえ。ほら、那美ちゃんにもなついてるレトリバーのコウキ君の飼い主さんだよ」

「え、コウキ君の？」

コウキ君は那美を見つけるたびに駆けて来ては、暑苦しいまでに遊んでアピールをしてくる大型犬だ。

「うそっ、あんな小柄な人があんな大きな犬の飼い主さんだったの!?」

抱きつかれたら一発で押しつぶされてしまいそうだ。

それどころかあの元気のあり余った犬が相手では、リードの保持もできるかどうか。

「おちおち散歩にも連れて行けない気がするけど」

「一人暮らしじゃなくて、息子さん夫婦と二世帯住宅同居だから。まあ、コウキ君が暴走しても息子さんが止めてくれてたみたいだけどね」

言って、沼田さんがため息をついた。

「三沢さんはいい人だけどね、だからこそ見ちゃいられないんだ。僕も動物好きだから」

「え？　どういうこと？　あの人、コウキ君のお墓参りに来てくれたってことでしょ？」

那美は首を傾げた。

「あの人にはコウキ君は見えないかもしれないけど、感動の対面でしょ？　コウキ君も喜ぶだろうし、いいシーンじゃない。動物好きならどうして見たくないの？」

言っている間にも大好きな飼い主の気配を嗅ぎつけたのか、ワフワフ息を荒らげながらコウキ君が駆けてきた。

「あ、危ないっ」

つい叫んでしまったが、コウキ君は霊力のない人にはさわれないらしい。思い切りジャンプして三沢さんに抱き着いたが、素通りしてしまう。それでもめげずに三沢さんの周りをバフバフ吠えながら駆けまわっている。

来てくれたの、来てくれたの、嬉しい、僕、寂しかったんだよ！

大好きな飼い主と会えた喜びが全身に表れている。尾を千切れそうなくらいにふっていて、三沢さんには見えていないとわかっていても微笑ましい。

けど。

(何これ)

那美は顔をしかめた。ざらついた不安が胸に芽生えている。感動的な光景なのに、どうしても微笑ましいと言い切れない。

（あ、そうか。視線が合ってないからだ）

　那美は悟った。

　一生懸命、僕はここにいるよとアピールしているコウキ君。だが三沢さんには霊感がないのだろう。コウキ君の存在にまったく気づいていない。

　ひとしきり三沢さんの周囲を回って、それでも気づいてもらえないと知ったコウキ君が哀しげに座りこんだ。

「アオーーーーン」

　悲痛な遠吠えをあげる。

　那美は思わず目を逸らせた。確かにこれは見ていられない。

　沼田さんが同じく目を逸らせながら、ため息をついた。

「あのさ、那美ちゃんもそろそろ知っておいたほうがいいと思うけど。僕は自分の意思でここから動かないけど、コウキ君の場合、動物霊だから、いろいろ縛りがあってここから動けないの。わかる？」

　だからこの先も、見ない方がいいよ、と言って、こそこそ沼田さんが逃げていく。

　その理由はすぐにわかった。

　一時間ほど経ったころだった。

　お墓の花の水替えなどを行って、休憩もした三沢さんがバスで帰ろうとしたのだ。

　やだやだ、帰っちゃヤダ、僕も連れて帰って、こんなところに一人にしないで。

コウキ君がバフバフ言いながらバスを追いかけていく。だが見えない壁のようなものがあるらしい。公道の手前で弾かれて、悲痛な声が響き渡った。

「これ、か……」

お墓を建ててもらえたペットは幸せだと思っていた。こうしてお参りもしてもらえて、喜んでいるだろうと。

確かに喜んでいる。久しぶりに飼い主の顔を見られて興奮している。

だが、ここに葬られた動物たちはもう飼い主とは触れあえない。家には帰れない。いずれは別れの時が来る。そして今度はいつ会えるのかわからない。

いっそのこと会わなければこんな別離の哀しみを味わわずにすむのか。そう思いたくなるくらい、つらく寂しい別れだ。

三沢さんが悪いんじゃない。

三沢さんにだって生活はある。ずっとここにはいられない。

「……人間なら、寂しくても、まあ、しょうがないと理解してあきらめるんだけど。犬はそうはいかないから」

見ていられなくて、人間用墓地まで逃げて来た那美に、沼田さんが言った。

「前に言ったよね、コウキ君たち動物霊はここから移動できないって」

人間霊の場合は、恨みや痛みなどの強い感情に心を歪められてしまっていない限り、生前の思考力が残るので、比較的あちこちうろうろできるという。

「けどね、動物の霊は本能とか生前の習慣に縛られることが多いんだ」

コウキ君の場合は三沢さんに可愛がられて育ち、その言葉に従う癖が魂の奥底まで染みついているそうだ。

「でね、コウキ君、お墓に入骨する時に、三沢さんに『今日からはここがコウキの家よ。ここから私たちを見守っていてね』って言われたんだよ」

「それって……」

三沢さんに悪気はなかったのだろう。ゆっくり墓地で眠ってほしい。その一心で言った言葉だ。

だがそれでコウキ君は敷地から出られない。それが飼い主の命令だから。リードをつければ散歩に出られたセントバーナード犬霊のアンディ君と違って、ずっとここにいる。

……大事な飼い主の言葉を死んでからも守っているのだ。大切に。

「だったらそれ、コウキ君に教えてあげれば」

「教えて、どうなるの」

「え」

「縛りを解いて家に帰っても、三沢さんにはコウキ君は見えない。コウキ君も触れてもらえない。それどころか自分が生きてここにいた証の食器とか寝場所とか、そういった物が片付けられてるのを見ないといけないんだよ？　これはきついよ。ここに置いてきぼりになって、待ちぼうけになるよりも」

それは、確かに。那美だってほんの数日でも周囲の人たちに見てもらえないこと、居場所がないことにおかしくなりそうだった。

「だから、さ。幽霊って本当はさっさと成仏するのが一番いいんだよ。寂しさや哀しさで魂が歪んで、地縛霊とか悪霊とか、意識のない、負の感情のみの存在になり果てるよりも」

沼田さん曰く、霊には環境や生じたときの事情に応じていろいろ種類があるらしい。中には、いわゆる〝よくない存在〟も。

那美は幽体初心者だ。幽霊事情はまだよくわからないところがある。

だが老人ホームで名残惜しげに猫のなーさんを抱きしめるお年寄りを見たばかりだ。それに病院で一緒だった柚子ちゃん。彼女が初めての犯行に及んだのは、見舞いに来ていた母親が妹の世話のために帰ってしまい、寂しさがこみあげたからだった。

那美だってそうだ。本体が眠り続けていて話すことはできなかったが、母が来てくれた時は嬉しかった。泣きそうな顔で枕元にいられるとつらくて見ていられなくて、私は大丈夫だから早く家に帰ってと言いたかった。が、帰られてしまうとそれはそれで寂しかった。だから、こんな別れを見てしまえば迷ってしまう。わからなくなってしまう。

来てくれることは嬉しい。

誰も来てくれないのは寂しい。

だけど。

大切な人に会いに行くことは、はたしていいことなのだろうか、と。

その夜、いつもどおりに吉川君のアパートに帰った那美だが、気分は顔に出ていたらしい。

「……しょうがないですね。夕食後の甘味にとっておこうかと思っていたのですが」

ため息をついて吉川君が菓子箱を取り出した。いつの間に買ったのだろう。那美が御山で桜を眺めて以来、すっかり好物になっている桜餅だ。

(……オムライスの次にだけど)

幽体となり、人としての生活との接点が薄くなっている今の那美は、食べることが好きだ。生きていると実感できる行為はすべて好きになっている。

だけど、今ばかりは食欲がわかない。

「……食べたいけど、私、幽体だし。その、吉川君だけ食べたら」

「大丈夫ですよ。二つ買いましたし、きちんとあなたにもお供えしますから」

言って、吉川君が箱から一つ取り出して皿に載せる。木匙と熱い日本茶を添えて那美の前に供すると、そっと手を合わせる。

ふわりと緑茶の香ばしい香りと桜餅の独特な香気がして。口の中に甘味が広がった。

つぶつぶした桜餅のコメの感触、口を浄める熱いお茶。

それらが次々那美の中で弾けて、喉を滑り落ちていく。

「おいしい……」

「お粗末でした」

言いつつ、吉川君が那美の湯飲みにそっと熱いお茶を足す。その様がすごくしっとりしていて、清々しいのに艶がある。那美は自分が京都の竹林の中に建つ小さな茶室にいると錯覚しそうになった。

彼が給仕してくれたら、家庭的な肉じゃがも、料亭並みの精進料理も、どちらも清々しくおいしく感じるだろう。

それは、彼が言う、心がこもっているから？

(やっぱり、優しいよね……)

彼の静かな風情が心の奥底にまで染み入ってくる。図々しく押しかけた幽体相手でももてなしの心を忘れない。

「……ねえ。三沢さんって知ってる？」

そっと話しかける。昼に見たことを話す。

「なんとかできないかなあ」

朝が早いという隣人を気にして、彼の応える声はいつも小さい。囁くかのようだ。だから耳を凝らして彼の答えを待ちつつ重ねて言う。

「吉川君ってコウキ君の声が聞こえるでしょ？　三沢さんだって会いたがってるし、そこにいるよ、とか教えてあげられない？　だって三沢さん、せっかくお参りに来てくれてるんだし、せめて視線が合えば、コウキ君だって……」

「……前にも言いましたが、人様の事情に他人が立ち入るのは感心しませんね。三沢さんに同情しているのか、コウキ君に感情移入しているのかどちらです」

珍しく、彼が那美の言葉を最後まで聞かずに口を開いた。

「僕がそこにいますよ、と言って、どうなるのです？　言われて見たところで三沢さんにコウキ君を見ることはできません。見かねて告げたい気持ちはわかりますが、それは結局、自分一人で〝黙っている、何もしない〟罪を抱えていたくない、口に出して、自分はちゃんと動いたと、良心の呵責《かしゃく》から逃れたいだけではありませんか」

冷たい。相変わらずだ。

だが、今は彼が深入りしたくない気持ちもわかる。わかるようになった。

「そもそも霊園とは、遺された人のためにあるんです。仏の教えでは人は死ねば仏となります。ここは墓とは違う場所へ赴くわけですから」

仏道上は、墓とは記念碑のようなもので、厳密にいうと、空、なのですよ、と吉川君が、供えていた桜餅を下げながら言った。

「お盆など、故人が現世に還ってくる時節もありますが、その場合も墓ではなく家の前で灯心を焚き、ここが帰る家ですよ、と、霊に示すわけですから。葬られた本人のためではなく、遺された人たちが故人を偲《しの》び、己の心を鎮めて思い出を整理する。そのための祈りの場として墓はあるのです」

「……それって、亡くなった人のためではなくて、自分のためってこと？」

「魂にとって一番よいのは現世にとどまらず、旅立つことですから。悪戯に故人の魂に未練を抱かせ、引き留めるような真似はすべきではないのです」

那美の脳裏に、悲痛なコウキ君の遠吠えが蘇った。

「へたに自分を恋しがって嘆いている家族を見ると、それが心配で未練になってしまう。解脱の妨げになることもあるってこと？」

そう言うと、吉川君の顔が寂しそうにくもって、那美はそれ以上何も言えなくなった。


そして、事件は起こってしまった。

三沢さんの哀しみを見かねた息子夫妻が、飼い犬の喪失感から立ち直れるようにと、新しい子犬を三沢さんに贈ったのだ。

「ほら、この子があなたのお兄さんにあたるコウキよ。挨拶なさい、ミク」

その日、霊園に現れた三沢さんの腕には、小さなトイプードルの子犬が抱かれていた。コウキ君のお墓についた写真プレートを子犬に見せている。

無邪気な子犬の首には可愛い赤い首輪をつけられて、リードの先はしっかりと三沢さんの手に握られていた。

那美はいつものように三沢さんの気配を嗅ぎつけて駆けつけたコウキ君を見ていられなかった。

文字どおり、飛ぶように駆け寄ってきたコウキ君は、三沢さんの腕にいる子犬を見るなり、金縛りにあったかのように動きを止めた。

どうして、どうして、どうして、ママの子どもは僕だけじゃないの？　どうしてそんな他の子を抱いてるの。もう僕のこと好きじゃなくなっちゃったの？

悲鳴のような声が聞こえる。哀しくて哀しくて、胸が痛くて聞いていられない。

だけど。

「コウキ君、お前の声は三沢さんには伝わってないよ」

那美は告げた。

それが人の幽体として、双方の心が察せられる者の務めだと思ったから。

「だけど私には見えるから。聞こえるから、あなたの姿が、声が。三沢さんの代わりにはなれないけど、思い切り撫でてあげるから……！」

コウキ君が欲しいのは那美の手なんかじゃない。三沢さんの手だ。

わかっているけど与えてやれない。

今日の三沢さんは息子夫婦とここに来たようだ。母親を慈愛の目で見つめる息子さんが、「もう帰ろう」と、車に誘う。小さくうなずき、墓の前から立ち上がる三沢さん。

三沢さんが新しい家族を連れて帰っていくのを追いかけようと、コウキ君がもがく。だが放してやるわけにはいかない。

車を追ったところで、コウキ君はこの寺の敷地からは出られない。それがわかっていても、那美はコウキ君にしがみついた。全体重をかけて取り押さえる。

「お願い、わかって。もう世界が違うの。追いかけても元には戻れない……！」

このまま負の感情に負けてコウキ君が歪んで、悪霊になってしまったら。沼田さんに聞いた霊のあれこれのことを思う。怖くて怖くてたまらない。だってそんなのは悲しすぎる。

(吉川君が、深入りするなって言った本当の理由って、これだ)

那美にはどうしようもできないからだ。

なのに感情移入してしまえば那美の心まで悲しみに侵される。心がもたない。吉川君はそれを知っていたのだろう。

やがて三沢さんが乗る車が見えなくなって。あきらめたのだろう。悲痛な鳴き声が一つ、尾を曳いてこだました。

気がつくと、那美は地面に座り込んでいた。

「……那美ちゃん、大丈夫？」

沼田さんがおそるおそる寄って来た。そっとなだめるように言う。わかるよ、と。

「皆のね、気持ちがわかるんだよね。那美ちゃんは」

ずっと三沢さんの一番でいたい。三沢さんを喜ばせて笑わせてずっと一緒に居たいコウキ君の気持ち。

コウキ君を失って悲しいのは同じだけど、それ以上に悲しみに暮れた三沢さんを放っておけなくて、元気になってほしくて新しい〝家族〟を薦めた息子さんの気持ち。

　コウキ君を忘れたくないけれど、励ましてくれる息子さんたちを心配させないためにも、いつまでも悲しみに沈んではいられないと自分を奮い立たせた三沢さんの気持ち。

「全部がね、優しくて、だから切ないんだ」

　何が正しい行動か、そもそも正しいなんて、答えがあるのかもわからない。

「前にさ、お墓建ててもらって嬉しいかって聞いたでしょ」

　黙ったままの那美に沼田さんが言った。

「嬉しかったよ、最初は。だけどね、こうして形のある思い出として残っちゃうと、どうしてもそのあとが寂しいんだよ」

　年月が経てば、だんだんお参りの人が少なくなる。

「自分が残してきた人たちには新しい人生を生きてほしい。いつまでも悲しんでなんかいなくて笑ってほしい。そう思ってるのに、同時にいつまでも覚えていて、いないことを寂しがってて願っちゃう」

　誰も来なくなった墓ほど寂しいものはない。それくらいならいっそ最初からないほうがいい。そんな風に思ってしまう。

「霊もね、それと同じなんだ。誰にも気づいてもらえない。気づいてくれる人がいたってその人もそのうち寿命で死んじゃう。するとね、一人で取り残されるんだよ。誰も自分を知らない世界で、たった一人でさまよう。怖いよ」

　だからね、と沼田さんは言った。

「僕、その気になれば那美ちゃんみたいに自由にいろいろな場所に行けるのかもしれない。でもそれはできない。僕が移動できるのはこの御山だけって決めてるんだ。それでよかったと思うよ。今でこそ落ち着いたけど。死んですぐの時に家に帰れば泣いてる家族を見ることになる。心配で成仏なんかできないし、かといって全然悲しまれてなかったら寂しくてどうにかなっちゃいそうだし」

そもそも幽霊として目覚めたのが遅くて、僕、自分が死んでからどれだけ時間が流れたかはっきりしないんだ、と沼田さんが言った。

「ちゃんと自分が生きていたときの記憶はある。だけど、テレビとか、車の形とか、時代を感じるものは意識を集中させようとするとすぐぼやけてしまうんだ。だから僕は自分が生きたのがいったいいつかよくわからない。それに、ずっと離れずにお墓にいるけど、知ってる人は誰も来ないんだ。とっくに妻も子どもも死んじゃってるのかもしれない。僕だけ幽霊としてこの世に取り残されてるのかもしれない。家に帰ってそれを認めるのが怖いんだ。成仏すればまた会えるのかもしれないけど、今さら何て言ったらいいかわからないし、そもそも僕はなぜかあちらへ逝《い》く道がまだ見つけられないし」

最初はつらかったけど。だんだん感覚が鈍ってきてるんだ、最近はますます時の流れがよくわからなくなってきてる、と、てへ、と沼田さんが笑った。

「僕はこうして距離と時間をおいて、心を落ち着かせてるのかもしれない」

そう言う沼田さんの顔は安らかだった。

彼もそのうち成仏してしまうのだろうか。

那美は取り残される孤独を味わった。

「だから。成仏できるなら、しておいたほうがいいんだよ。歪んでいく自分を自覚しなくてすむから」

死ぬのが怖い。だけど友や知る人たちが老いて誰もいなくなっても霊としてとどまるのも怖い。なごやかに見えた幽体という存在は、とても寂しいものだった。

「ヨータが守護霊として残ることになった時、吉川君があまりいい顔をしなかったの、それでか……」

那美は急に吉川君の顔が見たくなった。


捜すと、彼は個別の墓を持たない動物たちが一緒に祀られた、慰霊碑の前にいた。

近づいた那美の気配に気づいたのか、背を向けたまま言う。

「……これが人の霊なら、理を説いて成仏をすすめてみることもできるのですが。人と違ってコウキ君は犬です。人の言葉は通じません。だから時間をかけて、輪廻《りんね》の輪に戻ったほうがいいことをわからせるしかないんです」

那美が何に心を痛めてここに来たのか察しているのだろう。彼が言った。彼もまたさっきのコウキ君の叫びを聞いたのだ。新しい家族を抱いて車に戻っていく三沢さんを見た。だからだろう。その口調は苦々し気で、それでいて切なかった。

それから、彼はこぶしを握り締め、吐き出すように言った。

「だから生者も死者も嫌いなんですよ。自分が満足したら去ってしまう。置いていかれる者のことなんか考えないで！」

それは相手を救いたいのに力が及ばぬ者の苦痛というより、置いていかれる者の叫びのようで。

那美は思わず聞いていた。

「……誰かに置いていかれたことがあるの？」

「それを聞きますか。今」

那美は傷ついた顔をしたのだろう。吉川君が反省するように目を逸らせた。

「……昔のことです。誰でも生きて誰かと関われば経験することです」

だから彼は僧侶になったのかもしれないと思った。

誰かに、何かに執着するから失った時がつらい。心が渇いて苦しい。

なら、最初から平常の心であればいい。深入りしなければいい。でも社会で生きているとそれも難しい。彼は己の心と向き合うために仏道に入ったのだろう。

自分のためだ。だから彼は無私のボランティアなどではない、自分のためだと己のことを斜めに見る癖がついたのだろう。

(本当は優しい人なのに。僧侶なんかやってたら、ずっとずっと別れを見続けなくちゃいけないのに)

それでもこの人は僧侶であり続けるだろう。優しいから、たくさんの人が愛するものと死に別れ、哀しみに暮れる。その心に寄り添うのだろう。

少しでも相手のつらさを和らげるために。思い出をつらいものではなく優しいものとして心に残せるように。

言葉をかけて、そしてほっとしたような顔をする施主を見て、やっと彼もほっとするのだろう。……そんなふうに感情移入すれば、自分だってつらいだろうに。

彼は慰霊碑に香を手向けていた。いったい何を思っているのだろう。

そしていくつ自分の心に傷を作ってきたのだろう。

「優しいよ、あなたは」

那美は言った。

「優しい。自己満足とか、我とかじゃないよ。だって私はあなたといると優しくなれる気がするもの。それはあなたが優しいからだよ」

何度も言う。

彼が自分は本当に優しいんだと信じられるようになるまで、根気よく。

（幽体の私には、それくらいしかできないから）

生きた人間同士のように肩に手を置くことはできても、温もりを分けることはできない。

だからせめてと言葉に心をのせる。

（あなたは温かな優しい人。こんな幽体の私にも居場所を与えてくれたのだから）

そしてそっと彼の背に触れる。

彼が周りを見る余裕ができた時、気づいてもらえるように。

彼の背が、びくり、とふるえた。反射的に、他者を拒むように。

こんなふうになるまでに、彼はいったいどれだけの傷を負ってきたのだろう。手を伸べて、その度に置いていかれて。泣いたのだろうか。

悲しい、と思う。

彼の背があまりに寂しげで、那美はぎゅっと抱きついた。

「……何してるんです」

吉川君は那美が人恋しくなって抱き着いたと思っている。だからふりはらわない。我慢してくれている。

だけど違う。うまく説明できない。

那美の拙い言葉では、安っぽい同情なんていらないと言われそうで。

「……私、もうしばらくここにいるから。ううん、違う。私は一応、生きた人だから。あなたと同じだから」

だから、那美は言った。吉川君の背中に向かって。

「私は、いるから」

言いながら、ふと思った。

(私、いったいいつまでこうしていられるんだろう)

元の体に戻れる、そう信じている。だけどそれは絶対じゃない。

そもそも元に戻れたところで、自分はまた〝視る〟ことができるのか？　ここで知り合ったたくさんの霊たちの姿を。

（最悪、三沢さんみたいに、皆がいるのに気づかないかもしれない）

そんな身で、何度もいろいろな存在においていかれただろうこの人に何かを言う資格があるのだろうか。結局は彼をおいていくことになるのではないか？

自分だっていつ消えるかわからない幽体の身で、いつまでここにいられるかすらわからない。自分が下手に彼になついて深入りさせては、よけいに苦しめるだけかもしれない。

けど。

それでも。

彼に寄り添いたい。この孤独を癒したい。

この時は、そう思ったから――。

第四話

最後の事件。元の体に戻っても、私を見つけてくれますか？

「あー、今日も一日なんとか頑張れた。つかれたー」

「あなたは何もやってないでしょう。霊園で仕事をしたのも、行きと帰りの原付を運転したのも、すべて僕のはずです」

一緒に帰ってくるなり、居候幽体の那美さんが畳の上に転がって、部屋の主である孝信は額に青筋を立てた。1DKのアパートの一室だ。ただでさえ押し入れの前にプラスチックケースで壁を作って狭いのに、真ん中で横になられてはちゃぶ台も出せない。

孝信は帰宅後の茶の一服は、狭い台所のスツールに腰かけてより、ゆったりと畳の上に正座していただくほうが好きなのだ。

何より、つかれ果ててごろごろしている那美さんにあきれてしまう。

(そんなにくたくたになるまで犬の相手をする人がいますか)

それも犬や他人のためにだから、お人好しが過ぎる。自覚と反省をうながすためにあえて素っ気なく言い放つ。

「どいてください。狭いんですから。歩けないじゃないですか」

「無理。ちゃぶ台出すなら上から出して。実体はないから問題ないし。あー、やっぱりリーダー犬のアンディ君が抜けた穴は大きいわ」

いくら言っても最後まで犬たちに付き合うことをやめない彼女に、一瞬、本気でちゃぶ台を上から出してやろうか、と思った。だが、

「でも、ちょっとうらやましいな。アンディ君。きっちり穴を開けられて」

言われた言葉のしんみりした響きに動きを止めてしまう。

「私さ、毎日、会社にも顔出してるじゃない？　仕事に穴開けちゃったから心配で」

でもね、と彼女が言う。

「皆、困ってないの。ううん、もちろん人が一人抜けたわけだから、忙しくててんやわんやよ？　だけどね、私がいなくても回らないってわけでもないの」

「…………」

「私、幽体になってどんどん自分の嫌なとこ見つけちゃう。仕事にね、穴開けたらまずいって焦ってたから、何とか回ってるの見てほっとしたのも本心なんだけど、少しは私のこと、いないと駄目って困ってほしいな、ってどこかで思ってたみたい」

……彼女が狡いと思うのは、こんな時だ。いつもはあっけらかんと憎らしいほど明るい言動をとるのに、たまにこうして別の顔を見せる。

（……そんな顔をされたら、何も言えなくなるでしょう）

そんなことはないですよ。あなたを必要としている人もきっといると思いますよ。

そう言うべきかもしれない。一人の人間として。

そうですね、つらかったですね、と、ただ寄り添い聞くべきかもしれない。僧侶として。

だが、孝信はどちらも言えなかった。

彼女が抜けた穴。

それを感じるのは、次は自分になるだろうから。

彼女が事故に遭ったのは三月半ば。今はもう四月も過ぎ、五月に入ろうとしている。そんなに長い間、魂なしでは体がもたない。

だから僧としては早く戻れるようにと、彼女のために願わなければならない。

だが同時に、彼女が抜けた穴を寂しげに見る犬霊たちや沼田さんたち幽霊の顔も脳裏に浮かんでしまうのだ。

元の体に戻った彼女が幽体だった時の記憶を保持しているとは限らない。それどころかもう霊体を見ることができなくなっているだろうことは確実だ。

そして、そんな寂しげな顔をした面々の中には、たぶん自分もいて……。

孝信は顔を思い切りしかめた。

そして言う。沈黙が気まずくて。

「……踏みますよ」

「ふふ、いいよ。生きた人との触れあいは何でもオッケー。幽体になって飢えてるから」

そう言われては踏めない。わかって言っているのだろうか、この人は。

それから、彼女の言葉が途切れる。幽体のくせに寝たのかと思っていると、また声がした。

「私は、いる、から」

「え」

「元の体に戻っても、ここに帰って来るから。人として、百年でも二百年でも生きてやるから。あなたを置いていったりしないから」

（なっ）

いきなり言われて、孝信はあとずさった。

（心が読めるんですか、あなたは！）

自分の未熟な内面を覗かれた気がして、つい赤面して。あわてて何か言おうとした時だった。寝息が聞こえた。

「……寝たんですか。本当に」

つかれていたのは本当だったのだろう。幽体のくせに実に健やかな顔をして寝ている。なら、先ほどの言葉も寝言か。真剣に踏んでやりたくなった。

「……ほんと、人間臭くなってきましたね」

幽体なのだから、眠る必要はない。なのに、生前の本能を引きずる動物霊たちといるせいか、この人は人間臭いことばかりする。

孝信はため息をついて、部屋の真ん中で寝入ってしまった幽体を見た。

彼女は事故に遭った時と同じ、薄青のブラウスにアイボリーカラーの春用ジャケットを羽織っている。

幽体だから寒暖差は感じない。だが、その姿が何だか寒そうに思えて。

孝信は傍らのプラスチックケースから予備の毛布を出すと、彼女にかけられるように、そっと手を合わせ、お供えをした。

押し入れの中にはすでにお供え済みの、彼女のために買ってきた布団がある。が、他人のプライベートな空間を開けるのはためらわれた。

(……物が多くなってきましたね)

一時的に居ついているだけの幽体だ。布団も何も必要ないのだが、人としての意識と記憶を濃く持つ彼女が居心地悪そうにしているので、つい、安物だが彼女用のカップや歯ブラシを買って供えている。

いつの間にか一人暮らしの必要最低限の物しか置かなかった部屋が、同居人がいるかのような華やいだ様になっている。

「……まったく。仏門に入った身で何をやっているのだか」

幽体には関わらない。そう決めて生きていたのに。

ため息をついて、彼女に毛布をかけようとして、今以上に近づくことをためらって。

立ったまま顔をしかめた孝信の横の壁から、いきなり人の生首がぬっと突き出てきた。

(え!?)

白い漆喰壁に、キノコか筍のように女の首が突き出ている。

髪を垂直に垂らした首は四つに増えて、横向きのまま、孝信を見た。にいっと笑う。そしてそのまま、ごろごろと音をたてる勢いで部屋に転がり込んできた。

「うわっ、何事ですかっ」

「ちょっと大変よ! 吉川君!」

「やっと見つけた！　道に迷っちゃって。ああ、もう、那美ちゃんについてるっていう魂の緒が本人以外にも見えたらいいのに」

「かたっぱしからここら辺のアパートを覗き見して捜したんだけど、四軒目で見つかってよかったわあ」

首には体がついていた。部屋に押しかけてきたのは、入院中に知り合った病院在住のおばちゃま霊、児玉さんたちだ。

「どこから湧いたんですか。孫やひ孫のもとへ帰省中と那美さんから聞きましたけど!?」

と、いうより、

「那美さんといい、なぜ、ここの住所を……」

「そんなこと言ってる場合じゃないのよ、那美ちゃんが大変なの」

もどかしそうに児玉さんが地団駄を踏む。

続いて叫ばれた言葉に、孝信は息をのんだ。

「病院で眠る那美ちゃんの本体が危いのっ。お願い、早く来てっ」

◇◆◇　◇◆◇　◇◆◇

病室の前まで行くと、担当医が部屋から出て来るところだった。

吉川家で眠っていたところを児玉さんたちにたたき起こされて駆けつけた那美は、とりあえず、険の取れた医師の表情を見てほっとした。

「いったい何があったの？」

児玉さんたちに聞く。が、

「喜ぶのはあとよ。危機は去ってないんだから！」

「そうそう。医師だけじゃダメな問題が発生したのよ」

懐かしくも騒がしい、児玉さんたちの声に急かされて、那美は病室に入る。

一台だけ置かれたベッドと、その枕元に置かれた機器と点滴台。

眠り続ける那美の本体の部屋だ。

朝の巡回の時に訪れた時と同じ。だが一つだけ変わっていることがある。

「あれ？　機械、変えた？」

朝と同じく心電図などを計測する機器が置かれている。が、微妙に形が違う。一部、ビニールが巻かれたままになっているし、何かおかしい。

それに、那美の知らない幽霊が一体、枕元に所在なげに立っていた。茶髪の若者だ。目が合うと、「どうもっす」と、児玉さんたちに頭を下げた。

「あれから怪しい奴は誰も来てないっす。医師と看護師が来て、機器とか取り換えて行っただけっす」

「見張りありがとうね。那美ちゃん、この子はタカ君。私たちが那美ちゃんを呼びに行っている間、本体を見張っててもらったの」

タカ君がもう一度、ぺこりと頭を下げる。

それで露わになった後頭部が陥没して血まみれなところを見ると、救急で運び込まれたが手遅れだった事故死の元救急患者だろう。

彼は眠る那美と宙に浮かぶ幽体の那美とを交互に見て、はあ、とため息をついた。

「あー、この人も幽霊なんっすね。やっぱここ死後の世界で、俺、本当に死んじゃったのか……」

などと言っているところを見ると、まだ死にたての幽霊なのか。

(自分の死が理解できなくてふらふらさまよっているところを児玉さんたちに見つかって、見張り役にされてたってとこ？　何の見張りかはよくわからないけど)

居心地の悪そうな顔をしているが、見ず知らずの他人のために動いてくれるとは、この青年もなかなか親切な子だ。

が、事態がいまいち那美にはわからない。

「あの、児玉さん、いったい……」

問いかけた時だった。外の廊下から医師と話す吉川君の声が聞こえてきた。

「如月さんの容態の変化はまだご家族にも連絡はしてないはずですが？」

幽体のように壁を通り抜けできない吉川君がエレベーターを使い、ようやく到着したようだ。が、医師が不審がり、入室を拒まれているらしい。

「その、虫の知らせがあって」

必死にごまかす吉川君の声がする。

「どちらにしろ、如月さんは面会謝絶です。ご家族しか病室には入れません」

「う……弟、です」

苦しい。身分を詐称するにしても、他にないのか。

(とっさにうまい嘘とか言えないとか、吉川君らしいっていえばらしいけど)

真面目か。

児玉さんたちもあきれたように頬に手を当て、ため息をついている。

「そこでどうして恋人ですとか言えないのかねえ」

「あら、恋人も他人と言えば他人だし。面会許可もぎとるには婚約者くらい言ったほうが」

「とにかく頑張るのよ！　私たちがついてるから！」

言いつつ、児玉さんたちが壁から顔だけ廊下に突き出して、野次馬根性たっぷりに吉川君を応援し始める。シュールだ。というか恥ずかしい。吉川君が真っ赤だ。

医師が首を傾げる。

「如月さんに弟さんはいなかったはずだが。それにどこかで顔を見たような……」

まずい。前に来た母がペラペラ話しているのだ。それに吉川君は担当医は違っても、病棟の同じ階に入院していた。なんとなく覚えがあるのだろう。

その時だ。

「あ、吉川さん、面会に来てくださったんですか？」

オカルト大好き看護師、橘さんが来てくれた。助かった。

「先生、大丈夫です。その方なら信用おけますよ。こちらにしばらく入院なさっていたお坊さんなんです」

「僧侶!?」

医師が渋い顔をする。

「誰が呼んだんだ、縁起でもない」

「うわー、本人を前にしてひどい」

すっかり吉川君びいきになっている、おばちゃま霊たちが憤慨する。

「お寺だってお葬式だけじゃなくて祝い事もするわよねえ。私、お寺で結婚したわよ」

「あら、いいわねえ。ろまんちっく」

「児玉さんは？」

「私は今風に言うと、人前式ってやつ。古い家だったから、座敷に親戚呼んでねえ」

話が脱線している。橘さんがいそいで医師に補足説明をしてくれた。

「吉川さんはここに入院中、ほかの入院患者の方々の心のケアとかしてくださってたんですよ。で、今日もお見舞いに来てくださったんですよね！　ね！」

多少強引だが、橘さんが「じゃ、これで。吉川さん、三一五号室の皆さんが来てくださるのを待ってらっしゃいますよ」と吉川君を引っ張ってその場から連れ出してくれた。

他に声が聞こえない階段室の前まで行って、吉川君が「助かりました」と礼を言う。

「あの、実は今日は……」

「わかっています。皆まで言わないでください、導師」

橘さんが足を止め、振り返る。

「如月さんのこと、どこにも連絡していないのに察するなんてさすがです。如月さんの生霊さんが知らせてくれたのですね」

そう言う橘さんの目がいつもに増して、きらきらと輝いている。

「及ばずながらこの私、協力させていただきます！　実はここだけの話、如月さんにつけてある機器が誤作動を起こしたらしいんです」

私もシフトの関係でさっき来たばかりで、何があったかはスタッフステーションでの又聞きなんですけど、と言いつつ、彼女が教えてくれた。

今の那美は意識不明の状態なので、自力で体調の変化などを伝えられない。

なので血圧や心拍数などを計測する機器を置き、異常があればスタッフステーションに報せが行くようにしてあるのだが。

「それが一斉に異常を告げて。で、あわてて医師や看護師が駆けつけたんです。幸い、如月さんの容態に変化はなくて機器が誤作動を起こしたらしいとなったんですけど、複数が一度にですよ？　こんなこと初めてで、起こっちゃいけないことじゃないですか。で、先生もぴりぴりしてらしたんですよ」

橘さんが状況を説明してくれたところで、病室で見張りを務めてくれていた新入り霊のタカ君がひょい、と片手を上げた。

「あ、それ、その機器の異常、俺のしわざっす」

え？　どういうこと？

「俺、目が覚めたらこんな体になってて、よくわからなくてふらふらしてたんですけど、なんかこの階まで来たんすよね。で、ぼんやりしたまま部屋とか通り抜けしてたんすけど、あの部屋にたまたま差し掛かった時に、変な男がいて」

がっしりした体格の、医師には見えない私服姿の男が那美のほうへ身をかがめて、寝返りでも打ったかのような体勢にして、顔を枕に押しつけようとしていたらしい。

「見るからに意識のない女の人をですよ？　あ、これ、やばいやつだ、この人殺されるって思って、そこで俺、正気に返ったっていうか、あわてて何とかしなきゃって、そばに合った機器に干渉して警報を鳴らしたんっすよ」

彼は、「この体、便利っすよ。自由に物を通り抜けられるから、機器カバーの内側、見放題です」とか言っているがそれどころではない。

「……どういうこと。わたし、殺されかけたってこと？」

警報はタカ君のしわざだったわけだが、実際問題として彼がいなければ那美の息は医師の到着を待つことなく止まっていたのだ。人為的に。

そこへ偶然、児玉さんたちが帰ってきて、タカ君と接触してくれたらしい。それがなければどうなっていたか。

「いたずらというには悪質よ。明らかに殺意を持っていたと見ていいわ。那美ちゃん、犯人の心当たりない？　私たちも事件が起こったあとに帰ってきたから、実際には何も見てないの。帰ってきて、部屋が騒がしいから何事ってタカ君を捕まえて聞いて知ったのよね。だから犯人の顔も見てなくて」

「まずいのはその男の存在を看護師さんたちも知らないってことなの。皆が駆けつける前に機械の警報を聞いて逃げ出したから。だから警戒してもらうこともできない」

「その男、また来るかもしれないわ。今度こそ那美ちゃんが危ないかも。それを防ぐには先に正体を暴いて捕まえないと。那美ちゃん、心当たりない？　江戸川少女探偵団復活させなきゃ、怖くておちおちここを離れられないわよ」

児玉さんたちが興奮してつめかける。

殺人犯に狙われるなんて刑事ドラマの見過ぎではと言いたいが、通り魔のようなものだったとしても、犯人が野放しというのは怖い。

(だって、病室の鍵、私、かけられないし)

中にいる本体の那美は眠ったままだ。内側から鍵なんてかけられない。無防備だ。

医師たちが機器の警報をこのまま単なる故障と結論づければ終わりだ。幽体状態の那美が本体に付き添っても、現世の物体にはさわれない。

声すら聞かせられないから、犯人が来たって何もできない。

逃げることも、看護師たちに助けを呼ぶことさえできない。黙って自分が殺されるのを見ていることしかできないのだ。

（嫌っ、それって怖すぎる。児玉さんたちの言うとおり早く犯人見つけないとっ）

那美は焦った。だがそう言われても心当たりがない。

そもそも那美がここに入院していることを知る者すら少数だ。何しろ実家は他県。親戚もいない。こちらでの知り合いは会社関係者だけだ。

「同僚にそんなごつい人いないし。殺されかけるようなことした覚えがないし」

「那美ちゃん、無意識のうちに何かしでかしたとか、何かないの？　那美ちゃんの情報から相手の男を洗いだすしか、犯人に迫る手掛かりがないのよ」

「ごめんなさい、本気でわからない。無意識に何かしたならそんなの覚えてないし」

こうなると男の情報を持つのは唯一の目撃者であるタカ君しかいない。さっそくおばちゃま霊たちが取り囲む。

「どんな男だった？　似顔絵描ける？」

「口で言うの、難しいっす。俺、絵も下手で」

険しい顔のおばちゃま霊たちに囲まれて、タカ君があわてて手をふる。

「あ、よかったら、俺、防犯カメラの映像から捜しましょうか？」

「え」

「顔と逃げ出した時間は覚えてるんで、その時間付近の病院の出入り口のカメラ調べればもしかしたら映ってるかも」

「いい案だけど、惜しいわね」

「タカ君、あなた幽霊初心者だから知らないだろうけど、私たちは現世の物体、つまり機械にはさわれないの。誰か生身の人間が代わりに操作してくれない限り……」

言いつつ児玉さんがちらりと吉川君を見た。

「無理ですよ。僕にさせようとしても」

即座に吉川君が断る。

「防犯カメラの映像なんて、部外者に見せたりする物ではありません。橘さんに頼んでも無理ですから」

えー、じゃあどうすればいいのよと騒ぐ児玉さんたちに、タカ君がそっと言った。

「あの、さわれなくてなんか問題があるんっすか？」

俺、機械いじりが趣味なんっす、と彼が言った。

「パソコンとかも自分で組むし、初めての機械でも見ればだいたい構造とかわかって。それに今の俺、幽体ってのになったからかすごく感度がいいんです。そこのお姉さんの危機を知らせる時に機器に干渉したのだって、電気パルスを操れたからなんすよ。なんか今の体の波長と合ってて。魂って脳波の塊で、脳波は電気信号の一種だからっすかねえ」

「それだ！」

児玉さんが、ぽん、と手を打ち合わせた。

◇◆◇　◇◆◇　◇◆◇

「あー、今日も平和だねえ」

その日、病院の守衛室では初老の警備員が一人、のんびりと防犯カメラの映像を映す画面を眺めていた。

外の警備では道案内をしたり困っている患者の補助をしたりと気が張るが、守衛室に詰めている時間は特に来訪者もなく、比較的、穏やかだ。

「そうそう病院で事件なんか起こらないからなあ。第二の人生ここの警備にしてよかった。家族は夜の病院とか怖いからやめたらって言うけどさ」

今は昼だ。隣の休憩室には同僚もいるし、何も怖いことはない。

自分の選択の正しさに感じ入っていた警備員は、次の瞬間、座っていた椅子から落ちそうになった。

いきなり、監視していた画面がブラックアウトしたのだ。

「な、なんだ、故障か？」

六個並んだ画面のすべてが真っ暗になっている。

「て、停電？」

だが部屋の照明はついている。異常は画面だけだ。

警備員として見過ごすわけにはいかない。電源その他、自分のわかる範囲をチェックしようと身を浮かせた時、すべての画面が正常に戻った。

ほっとしたのもつかの間、今度はすごい勢いで録画されていた映像らしきものが再生され、早送りされていく。

「な、なんだこれ、壊れたのか？　まずいぞ、おい、ここの修理ってどこに連絡すりゃいいんだ？」

警備員は休憩中の同僚に声をかけると、いそいで業者への連絡先を探すために関係書類が納められたキャビネットへと駆け寄った。

◇◆◇　◇◆◇　◇◆◇

大あわての警備員をしり目に、那美や児玉さんたち、それにタカ君といった病院幽霊の面々は、警備室の監視カメラ再生画面の前にずらりと並んでいた。

タカ君が透ける腕を機器の中に突っ込み、よくわからない操作を繰り返している。

「あ、こいつっす」

タカ君が画面の映像を止めて言った。

そこにはがっしりした体格の男が映っていた。

だが画像が小さい。それにカメラの位置を知っているのか、うつむき加減になった顔は死角になっていてよく見えない。

「画像も粗いわね。これじゃよくわからない」

「アップにできない？」

だがアップにしても肝心の顔部分はよくわからない。粒子も粗すぎる。タカ君曰く、カメラ自体が古いので、これ以上の鮮明な画像にはできないそうだ。

「もっと大掛かりな設備があれば解像度もあげられるかもだけど、俺も本職じゃないんで」

「ありがとう、タカ君。これでじゅうぶんよ」

言って、那美は目を凝らした。

男はネクタイを締めたワイシャツ姿だ。この季節だとまだ寒そうな格好だが、ネクタイもよくある柄だし、これといった特徴がない。強いて言うと、脇に明るい色の上着を抱えているのが目を惹くが。

「その服が気になるの？　見覚えある？　那美ちゃん？」

「うーん、あるようなないような」

顔は思い出せないが、抱えている服の色に記憶が刺激される。

「あれって制服じゃないですか？　ほら、建築系の会社とかガスの点検とか、エンジニア系の人たちが着てる、作業服兼用の上着に似てません？」

「言われて見ればそんな感じねえ。ねえ、服の胸辺りに会社名とかついてない？　アップにできない、タカ君」

「それくらいなら、簡単っす」

タカ君が答えるなり、画面の映像が服のほうにずれてアップになる。すごい。

「今どきの若い子ってすごいわねえ。やり方教えてもらおうかしら」

「この力があればリモコンにさわれなくてもテレビをつけたりチャンネル変えたりできるわよね」

児玉さんたちも感心している。那美はアップにされた服に目を凝らした。

が、残念ながら見える範囲に会社名やロゴなどの目立つものはない。

ただ……。

「……はっきり思い出せないけど、うちの会社の設備点検をしてくれてる業者の制服が、こんな配色だったような気がする」

那美の会社は薬品を扱う。小規模ながら社屋内に排気設備の整った薬品庫もあればクリーンベンチやオートクレーブなどの機器を備えた部屋もある。菌の培養室とか温度管理が必要な貯蔵庫とかもあるし、通常のビルより電力をくう。配線も複雑だ。

なので専門業者が月に一度やってきて、異常がないかチェックしてくれるのだ。

那美はそういった業者が来た時に点検に付き合い、報告書を受け取ってサインをする、責任者なのだ。雑用を押し付けられたともいう。

「ちょっと名前までは思い出せないけど、よく来る人がこんな体格してたような……」

「那美ちゃん、その人に何をやったの」

「何もしてないですよ、部屋の鍵を開けたり、ちょっと立ち会ったりするだけで」

そんなことくらいでいちいち殺されては世界の人口はどうなる。

「会社に出入りしてる人だから、点検に来た時に私がいなかったら、代わりに立ち会った同僚と雑談でもして、私が入院してるってくらいは聞くかもしれないけど。でも同僚たちも病院名までは教えないはずで」

「そもそも那美ちゃん、どこで事故ったの？　市内なら救急指定の総合病院は少ないわ。推測できるでしょ。というか那美ちゃんってどうして入院したんだっけ」

「それは階段から落ちて……」

言いかけて、那美はぶつかってきた丸々とした肩を思い出した。

「あーーーっ」

思わず叫ぶ。

「こいつかもしれない！　私がぶつかったの！」

「じゃあ、那美ちゃんが意識を取り戻して、この人がぶつかって階段から落とした加害者です、って証言されたらまずいってとどめを刺しにきたってこと？　那美ちゃんは気づいてなかったけど、あっちは那美ちゃんだってわかったとかで」

「それ、あるかも。あの時、私、会社のバスに向かってたし、周りに同じ会社の人もいっぱいいたから、私が落ちたら皆、駆け寄って名前とか呼んだかもしれないし」

あれは事故だ。それで口を封じようとするかなとも思うが、他に思いあたることがない。

「出入りの業者なら、那美ちゃんの会社に行けば、住所とかわかるわよね」

「で、その業者の会社に行けば従業員名簿もあると」

前までなら、物理的にさわれないからパソコンも紙ファイルも覗けないと嘆くところだが、今回は強力な助っ人がいる。

「実は那美ちゃんが行きそうなところを探すのも彼が手伝ってくれたのよね。那美ちゃんのマンションとか吉川君の家とか、電子カルテっていうの？　あれ、見てもらったの」

「まかせてください。パソコンの中を覗くくらい、簡単っす」

すっかり児玉さんたちの配下として探偵団の一員にされたタカ君が、律儀に付き合ってくれる。

事情がまだよくわかっていないのか、まだ自分の死を受け入れきれていないのか、

「あー、これは夢だ。だから何でもありなんだ」と遠い目をしている時もあるが、機械をさわるのは楽しいし、おばちゃまたちが喜んでくれるし、己の死という事実から現実逃避したいというか、することがあると気がまぎれるというか、まあ、いいか、協力しても、という感覚でいるっぽい。

「とにかく。犯人を特定できてもこの男が那美ちゃんを殺そうとしたと知ってるのは私たち幽体だけよ。犯行も未遂だし、物証も顔の映ってない病院出入り口の画像だけだし、警察に突き出すこともできないわ」

そもそも幽霊の声は他には聞こえない。通報もできない。

吉川君に代弁してもらうしかないが、「幽霊たちがこう言っています」と言っても一般

人は信じてはくれない。吉川君がおかしな人扱いになるだけだ。

だから、と児玉さんが言った。

「この男に自主的に警察に出頭させるしかないわ。もしくは、祟りが怖くて那美ちゃんに手を出せないくらい、私たちの手で脅してやるの」

幽霊には幽霊の戦い方があるんだから、と児玉さんがこぶしを握り締めた。


タカ君が頑張ってくれたおかげで、男の住所はすぐに判明した。

彼の名は後藤信二《ごとうしんじ》、二十八歳、独身。

勤めている会社の名簿によると、彼は無遅刻、無欠勤の模範的社員らしい。が、彼のシフトを見ると、那美が事故に遭った日は連休をとっていた。

やはりあの事故を起こしたのは後藤で、病院で那美を襲ったのは口封じなのか。

(だけど、ぶつかったことを黙らせるために相手を殺そうとする、って、やっぱり極端すぎる気がするけどなあ……)

意識が戻らないとはいえ、那美は軽傷なのだ。示談は可能だ。

なのに殺人など犯せばよけいに罪が重くなる。

そうして。押しかけた彼の自宅で見た後藤は、まだ若いのに、おっちゃん丸出しで床に寝転がってポリポリとお尻を掻いている独身男だった。

「うう、見たくないものまで見えてしまう」

人間の吉川君では建物の中までは入れないので、怪しまれないためにもアパートの自室で待機。犯人の家までは那美と児玉さんたち幽霊のみでやってきた。

電気信号を操れるタカ君は引き続き那美の体を見張り、何かあれば計器を誤作動させて医師を呼ぶことになっている。

改めて、犯人を見る。

ぶつかった時は丸々太っていると感じたが、違った。筋肉だったらしい。

部屋にはダンベルが転がっているし、台所にはプロテイン飲料の粉末ボトルがある。ベッド横に散らばっている雑誌も格闘技系だ。

「うーん、健康志向っぽいし、自分の強さに自信があるタイプかしら」

「かといって、騒々しそうな男で金を受け取って殺しをやる殺し屋にも見えないわね」

「これ、脅しても驚いてくれるの？」

かかってこい！　とか構えをとられたらどうしよう。

タカ君の集中講座で電化製品を誤作動させる特訓はしてきたが、物理的には無力だ。

「大丈夫よぉ。こういう肉体に頼るタイプはかえって自分の力の及ばない、心霊現象には弱いものよ。任せなさい！」

頼もしく言って、児玉さんたちが部屋にあるテレビやパソコン、天井の電灯などに手を突っ込んだ。

「脅しに使えそうな技はタカ君に集中的に教えてもらったから。コツを摑むと案外簡単なのよ、これ」

「ほんと、もっと早く知ってればねえ。いいところでチャンネルを変えられちゃった朝の連続ドラマ、しっかり最後まで見れたのに。ちっ」

舌打ちをしながらもいくつになっても学ぶ姿勢を忘れないおばちゃま霊たちが、テレビやテーブルに置かれたスマホの中を探る。

途端に電灯がぱちぱちと点滅し、スマホがけたたましく鳴り始めた。

しかもご丁寧に、立ち上がったパソコン画面には、おどろおどろしく、一面に【私を殺した、私を殺した、私を殺した、私を殺した……】と字が高速で浮かんでいく。

（こ、これは怖い）

一人暮らしの夜には絶対されたくない奴だ。

後藤も同感だったらしい。

「ひいっ」

声にならない悲鳴を上げて腰を抜かす。そのまま壁際まであとずさりしながら、「ま、まさか幽霊!?」と、パニックを起こしている。思った以上の効果だ。

それにしても、すぐに〝幽霊〟なんて単語が出てくるなんて。

（もしかして、看護師の橘さんと同じでオカルトマニアなの、この人？）

幽霊の存在を信じているとしか思えない怯えようだ。

彼は電気配線などを主に扱うエンジニアだ。こういう時はまず、自分の目で誤作動を起こしている機器を調べるのではないだろうか。それから、誰かの悪戯か、とか怒りだすか、大家さんとか電気会社とかに連絡しそうなものなのに、後藤はどこにも知らせようとしない。助けも求めない。それどころか、頭を抱えてうずくまってしまった。

「うーん、すごく効いたけど。これ、うまく殺されかけた私の祟りだって方向に持っていけるかな」

「そこは大丈夫でしょ。パソコンにメッセージ書き込んだんだし」

人間、まっとうに生きていればそう何度も人の生死にかかわる事件にぶつかることはない。現在進行形で殺されかけたのは那美くらいだろうから、すぐ連想するだろうと児玉さんが言う。

ちなみに、那美がまだ死んでいないのに、〝私を殺した〟という文面にしたのは、〝殺されかけた〟では字面に迫力がないという意見があったからだ。

これで通じるだろうか。ダメ押しに那美の名前を出したほうがいいのでは、と口にしようとした時だった。

後藤君がわめいた。

「お前か、お前なのか操《みさお》っ」

後藤君はガタガタふるえながら、許してくれ、操、そんなつもりじゃなかったんだ、愛してたんだ、殺すつもりはなかった、とつぶやき始める。だが。

「〝操〟って誰?」

那美は突っ込んだ。

那美の愛称ではありえないし、知り合いにもそんな人はいない。

……ということで、ますますわからなくなった。

「事故のほうはわからないけど、病室の件、本当に私を狙ったのかなあ」

「まあ、タカ君の証言を疑うの？」

これ以上、脅しても、犯人の口から別人の名前が出てきた時点で当初の目的は遂げられそうにない。なので撤収して。

那美たちは再び吉川君の部屋に押しかけ、作戦会議を開いていた。自分が狙われている説に異議を唱えた那美に、児玉さんたちが抗議する。

「タカ君は那美ちゃんの命の恩人よ？　その言葉を疑うなんて。それに実際、病院の監視カメラに後藤が映ってたんだし」

「そうじゃなくて、人違いとか。その操さんって人を殺そうとして、病室を間違えて私のところに入ったとか」

「それはないわ。タカ君、那美ちゃんの上にかがみこんでたって言ってたでしょ。眠ってる那美ちゃんの本体って酸素マスクもしてないから顔が丸見えよ」

間違えようがない。それに枕元にも部屋の扉横にも名札がついている。

「もしかして、これでしょうか」

自室をすっかり児玉さんたち病院幽霊の『江戸川少女探偵団』のアジトにされてしまっている吉川君が、あきらめたように、何やら検索していたパソコンの画面を皆に見えるように差し出した。

最初の頃こそ、「だから！　どうして僕の部屋に集まるんです！」と怒っていたが、事件が解決しない限り皆が居座って安眠できないと悟ったようだ。

「児玉さんたちは死後何十年も経っていますから病院に自室はありませんし、那美さんの病室だと狭くて椅子もなく、そもそも僕も入れませんからね」

と、彼は遠い目をしながらも自主的に協力してくれている。少しかわいそうになったが他に行くところがないからしかたがない。心の中で「ごめんね。この埋め合わせは元の体に戻ったら必ず」と、手を合わせると、改めて、皆と一緒に、吉川君が見つけてくれた物を見る。新聞記事にもなったニュースのようだ。

【一人暮らしの女性、投身自殺？】

そこにはそう書かれていた。

記事の詳細を読むと、隣の市に住む霧島《きりしま》操という女性が自宅マンションのベランダから転落死したらしい。

事故か自殺か、遺書はないが最近、夫の浮気が原因で別居するなど、夫婦関係で思い悩んでいた節があるので、衝動的に自殺した可能性が高い、となっていた。

「あ、これ！」

那美は思わず指さした。階段から落ちる寸前にニュース速報で見たタイトルだ。

「確か、その時、昨日通った場所の近くだ、怖いって思ったあとに、後藤にぶつかったの」

確かに後藤君がつぶやいた〝操〟という名と同じ名の女性で、現場も隣市と近いことは近いが、これがどう結びつくの……と、言いかけて。那美ははっとした。

「私のスマホっ」

思い出したのだ。

那美の趣味はＤＩＹの自宅改造の他に、電車の待ち時間や通勤途中などに可愛い動物を見つけると画像に撮ってコレクションすることだ。

「私、駅のホームとかの待ち時間に写真撮るの好きで。その日も撮ったの。住所確かめてみなきゃだけど、この現場、私が快速から普通に乗り換えるために途中下車した駅の近くかも。時間もそれくらいだった！」

那美は皆に必死に話す。看護師の橘さんが偶然撮った虹の写真に、加奈子の彼氏が彼女と一緒に写っていたことを。

「もしかしたら、私、同じことをしたのかもしれない。そういえばあの駅、ホームの目の前にマンションがあった……！」

もし、あの時に那美が撮った写真に他人に知られてはまずい何かが写っていたら？　そしてその場に那美の顔を知る者がいて、写真を撮られたことに気づいたのなら。

「スマホを奪おうとするかもしれない。私がその写真に気づいて、警察とかに行く前に、事故を起こしたり、殺してまでも」

那美がその場で自分が写したものが何か気づいていないことは見ていればわかっただろう。にこにこしながら撮った画像を見直してスマホをバッグに入れ、逃げもあわてもせずに電車が来るのを待っていたのだから。

そして後藤なら那美の顔を知っている。点検の立ち会いの時に雑談もしたから、那美が、ここの会社はカンパニーバスがあるから便利と言ったことを覚えていたかもしれない。最寄り駅は地図で検索すればすぐに出てくる。

「確かめなきゃ」

すべては推測だ。

事故の時、那美はスマホを手にしていたが、そのあとどうなったかは覚えていない。だが、歩道に頭をぶつけた瞬間、ぎゅっと手を握りしめたことはなんとなく覚えている。その時、掌に何かを持っているような感触があったことも。かすかに。

あの時、ロータリーにはもうバスが来て待っていた。那美が転がり落ちるのを見ればバスに乗っていた同僚たちが気づいて駆け寄ってくれただろう。

その騒ぎで後藤が那美のスマホを回収できずにいたとしたら。

(スマホは病院まで付き添ってくれた会社の人か誰かがバッグごと預かって、母さんに渡してくれたはず)

そして母にはマンション購入時に万一のための合鍵を渡してある。母ならスマホを娘のマンションまで持っていき、そこに置くだろう。回復したらまた使う娘の私物なのだから、実家に持ち帰ったりはしないはずだ。

「タカ君、スマホの操作の仕方、教えてちょうだい」

那美は言った。

「私、マンションまで見に行ってくる」

那美の購入したマンションはオートロックの物件だ。那美の部屋には鍵もかかっているが、幽体にそんなものは障害にならない。

スマホは幸い、部屋にあった。壊れてもいない。

少し傷はついていたが、画面も割れていない。母はスマホを渡されたあと、那美が戻った時に使いやすいようにと考えたのだろう、リビングに置いていた充電器につなげてくれていた。

さっそくタカ君に教えてもらったとおりにスマホに手を入れ、電気信号なるものを操作する。タッチパネルに触れてもいないのに電源が入り、思うとおりのアプリや画像が開いていくのを見るのは不思議な感じだ。

「もしかして、これ？」

那美がコレクションとして保存している風景写真。その最新の画像の一つに、ホームから写したものがあった。那美が撮りたかった、春霞の空に浮かぶ、崩れたウサギのような雲。その雲の下に駅前に建つマンションの上部が写りこんでいる。

そのベランダ部分を、アップにしてみる。

あった。ベランダから身を乗り出している後藤の姿。そして、連続して撮った次の写真に、スマホを向けた那美に気づいたのだろう。驚愕の表情でこちらを見る彼の顔がはっきりと写っていた。

「……自殺じゃないってこと？」

彼と操さんという女性の間に何があったかはわからない。だが、後藤はこの時、那美のほうを見たのだ。そしてそれが誰か、何を写真に撮られたかを知ってしまった。

自分で思いつきながらも、それでも「まさか」と思っていた。そんな推理小説張りの出来事が自分の身の回りに起こるなんて思いもしなかった。

だけど、起こっていた。そして。

「……もしかして、私が彼とぶつかって階段から落ちたのも、事故じゃない？」

スマホを奪おうとした末の接触事故ではなく、最初から殺そうとして突き落とされたのかもしれない。口封じに。

そしてそこで殺せず、病院に彼が訪れたのでは。

（吉川君に知らせないとっ）

警察に声を届けることができるのは彼だけだ。

那美がいそいで戻ろうと立ち上がった時、急にスマホが光った。画面が切り替わり、メッセージが浮かぶ。タカ君からだ。

「大変っす。念のため、ネットを介して周辺の監視カメラ覗いてたんっすけど、あの後藤って男がマンションに侵入したっす！　正面の防犯カメラに映ってました！」

メッセージがブツッと消えて、代わりに、マンションに男が入ってくる動画が転送されてくる。

作業着に帽子を目深にかぶった男だ。出入りの業者だと思って、誰も不審がらない。管理人も夜は不在だ。さりげなく住人のあとについていければ、マンションには入れる。

「うそっ、女の一人暮らしは不用心だからって、奮発してオートロックのエントランスがついたマンション買ったのにっ」

まさかこんな盲点があるとは。あとは適当な階で非常階段に出れば、那美の部屋は北側の非常階段から二つ目だ。手すりを伝って隣室のベランダに入れば、次もパーテーションを越えて中に入れる。

無人とわかっているから部屋に入るのに遠慮はなし。

那美が息をのみ、壁にへばりついている間にも後藤がベランダの吐き出し窓のガラスを割り、手を入れて鍵を外す。

彼はカバー代わりかレジ袋を靴の上からかぶせ、足首をゴムで縛った格好で土足のまま入ってきた。暗い室内で点灯しているスマホを見つけるなり、自分のポケットへ入れる。

それから、窓ガラスの破損やスマホの紛失を空き巣のしわざにでも見せるためか、部屋の中を荒らしている。

那美はそれを息をつめて見つめていた。見ていることしかできない。

やがて後藤は出て行った。

あとには壊された窓と、荒らされた部屋だけが残った。那美はへたへたと床に座り込む。

呆然と、無残な有様になった自分の城を見る。そして、つぶやく。

「スマホを処分したら、次は？　後藤は何をする？」

声が我ながら驚くほどふるえていた。怖い。だが思考を止めてはいけない。このまま座り込んでいてはならない。考えろ。最悪の事態から目を逸らすな。

那美の転落から後藤が病院に現れるまで、時間差があったのは人に見とがめられないように気をつけながら那美の行方を捜していたからだろう。タカ君のようにネットで自由に探し物ができない以上、それらしい病院の病室を調べてまわる必要がある。なのに最初の頃は那美は名札も出ていない集中治療室に入っていた。

市内で一番大きな病院であることもあり、初期の段階で病院を訪れた後藤は那美を見つけることができず、他の病院を捜していたのだろう。そしてどこにも見つけられず、ふと、初日は別室に隔離されていた可能性に気づき、もう一度やってきたのだろう。

そして、那美を見つけた。

機器の誤作動などというアクシデントがあり、いったん引いたが、居場所は見つけた。

スマホも回収した。なら、次にすることは何？

「……私の始末？」

意識が戻れば那美は思い出すかもしれない。後藤のことを。だから彼は先手を打ってくるだろう。もう一度、意識不明の那美を不幸な事故に見せかけて殺そうとしてくる。

(本体が危ない！)

那美はいそいで部屋を出た。後藤より先に、病院に行くために。

病院に駆けつけた那美は、本体の眠る病室に向かった。

幸い、本体は無事だった。タカ君が律儀に見張りをしてくれている。

「那美さん、おつかれ様っす。今、児玉さんたちが奴が現れたらすぐ警備員を誘導できるようにって、詰所のほうへ行ってくれたっす」

幽霊では生きた人間たちに声を届けることができない。

タカ君のおかげで電化製品に干渉できるようになったが、何も知らない医師や警察にメッセージを届けても、悪戯扱いされるだけだ。

後藤が現れたとしても妨害しようにもここは病院だ。ほかの入院患者の健康に関わるから、スプリンクラーや火災警報を誤作動させるなどの派手なことはできない。せいぜい那美の本体の枕元にある機器に干渉して、スタッフステーションに急を告げることしかできない。

「どうします？　こんな時に限って、あのオカルト好きな看護師さん、非番なんっすよ。すぐ来てくれってメール打っといたっすけど。吉川さんのアドレスを借りて」

そう、タカ君がとった対策を那美に告げていた時だった。突然、天井の明かりが、フッ、フッ、と二度短く点滅した。

「警備員詰所の児玉さんからの合図っす。奴が現れたんっすよっ」

タカ君があわてた声を出し、部屋の扉を凝視する。鍵さえかかってない扉だ。あっという間に突破されてしまう。

「……今、スタッフステーションに異常を伝えても、何も起こってないっすから、『異常なし』と報告されて終わりっすから。ぎりぎりまで待ちますよ」

せめて那美の部屋にいる後藤という異常を病院関係者に見せなくてはならない。

那美とタカ君が息をつめながら見守っていると、部屋の扉が開いた。細く開いた扉の隙間から、人が入ってくる。

後藤だ。

事故に見せかけるつもりだからか、包丁などの凶器は持っていない。が、こちらは無防備に横たわった本体が一人と、あとは現世に物理的干渉のできない幽体が二人だ。

圧倒的に不利だ。

「ス、スタッフステーションに、知らせますっ」

タカ君が叫ぶように言うなり、那美の枕元に置かれた心電図計に手を突っ込む。前のように後藤にすぐ逃げられては捕まえられないので、スタッフステーションにだけ異音が響くように操作する。

「これで看護師さんが来てくれるはずっす。だけど……」

それまで、那美たちだけで持ちこたえなくてはならない。

那美はごくりと息をのむ。身構える。使える武器は室内にある機器だけだ。幸い後藤は良心の呵責から心霊現象を信じている。彼の家で脅した時もすぐふるえだしてくれた。

（彼が怖がって逃げ出さない程度に、室内の照明を点灯させれば……）

那美は天井の照明に干渉するため、宙に浮かび上がる。

しかし。

後藤が素早く室内を窺い、部屋の鍵をかけた。

（あ。しまった……！）

自分がかけることができないから失念していた。病室は着替えなどの際を考慮して、内鍵がかけられるようになっている。

もちろん、看護師や警備員ならマスターキーを使って外から開けられるが、鍵を取りに戻る時間がかかる。

どうしよう。那美は何とか開けることができないか扉にとりついた。その間にも後藤は素早く動いて、那美の本体に近づく。あくまで事故に見せかけたいのだろう。意識不明の患者が偶然、寝返りを打ち、そのまま姿勢を変えることができずに窒息した、と見えるように那美の本体に手をかけ、体勢を変えようとしている。

（もうだめっ、本体が殺されちゃうっ）

その時だった。

「那美さん、無事ですかっ」

声がして、扉が外から開いた。吉川君が駆け入ってくる。そしてそのまま本体の顔を枕に押しつけようとしていた後藤に体当たりをする。

「きゃっ、こ、これ、わ、私、すぐ警察呼んできますっ」

同行して、鍵を開けてくれたらしき看護師が、あわててスタッフステーションへ応援を呼びに行く。

那美はマンションを出る時、パソコンに手を突っ込んで、

【吉川君、助けてっ】

と、短文だがメールを打った。それを見て、彼が駆けつけてくれたのだ。

「吉川君……！」

「下がってください、那美さん。あなたでは物理で来られたら抵抗できないっ」

今夜の吉川君は墨染の僧衣のままだ。霊園の当直だったのだ。

（だけど来てくれた）

あんな短いメッセージで、すべてを察して。那美の本体を守るために。

「残念ながら、間が悪くてスタッフステーションに橘さんはいませんでした、他の看護師

さんは事情を知りませんから、説明に手間取りました。今、警備の人たちがこちらに向かっているはずですから、何とかそれまで持ちこたえれば……！」

必死に吉川君が言う。だが劣勢だ。何しろ吉川君はインドア系、争いを好まない僧侶だ。対して後藤は部屋にプロテイン飲料やダンベルが転がっている肉体派。そのうえ、那美をかばおうとした吉川君は体勢が悪い。上から後藤がのしかかる形になっている。

「くそっ、なんでばれたんだっ」

邪魔をされ、逆上した後藤が逃げることも忘れ、吉川君の首を絞めつける。

「いやあああ、吉川君っ」

みるみる彼の顔が赤黒くなっていく。幽体の那美はそれを見ていることしかできない。彼は助けに来てくれたのに。

その時だった。那美は後藤に引きずられたせいで、ベッドから半ば落ちそうになっている自分の本体が目に入った。ちょうど後藤の背後、死角に腕がある。

もしあの体を動かすことができたら？

枕元にはおあつらえ向きに、人を殴りつけるのによさそうな点滴台がたっている。

(人の体は電気を帯びている。筋肉を動かすのは電気パルスを操るのと同じようなもの。そうわかりやすくタカ君が説明してくれたよね……？)

スマホや照明の操り方を教えてもらった時のことだ。

そしてスマホや照明の操り方ならマスターした。そもそも目の前にあるのは生まれてから三十一年もの間、毎日、自在に操ってきた自分の体だ。

（今、もう一度、操らなくてどうする！）

やれる！　自分を信じる！

那美は宙を滑ると、自分の本体にぴったり合うように透ける霊体を重ねた。

那美が何をしようとしているか悟ったのだろう。警備室から壁や天井をショートカットして駆けつけた児玉さんたちやタカ君が応援してくれる。

「ファイトっす、那美さんっ」

「頑張れ、那美ちゃん！　なせば成るわっ」

でも思うようにいかない。うまく動かせない。すぐに本体を通り抜けて霊体がはみ出してしまう。

（何？　ストッパーみたいに何かが邪魔してる……？）

その時、ふと思った。これは自分の心がかけた拒絶反応ではないかと。自分は本心では元の体に戻るのが怖いのではないかと。

（だって、元に戻れば私は幽体じゃなくなる。もう児玉さんたち幽霊が見えなくなるかもしれない）

いや、それどころか、自分は今の記憶を保てるのか？

タカ君は脳波は電気パルスだといった。幽体はその塊みたいなものだと。つまりここにこうしている那美の幽体は電気パルスの集合体。記憶と意識が純結晶化したものだ。

そして純粋なものほどもろい。

幽体になってからの那美は心が感じやすくなっている。夜の病院が怖かったり、寂しがり屋になったり、喜怒哀楽の感情が摩滅していなかった子ども時代に戻ったようになっている。

つまり、魂の状態にかなり影響を受けている。

それがもとの体に強制的に戻ることになるのだ。今の記憶や感情をそのまま持ち込めるかなど、誰にもわからない。

（そもそもこうしてここにいる私自体が夢じゃないって誰に言いきれるの？）

アニメのドラ●もん。小学生の男の子と、未来から来たロボットの話でそういうのがあった。その結末をいろいろな人が想像して、その中に、ドラ●もんと男の子が過ごした日々は、意識不明で病院で眠っている男の子の夢だった、という結末があったと聞いた。

でも。

「……何してるの、私」

しっかりしろ！　那美は自分に活を入れた。

（言うこと聞きなさい、私の体でしょう！）

何が記憶がなくなるかも、だ。こうしている今も吉川君の命がなくなろうとしている。

「そばにいるって言った。なのにあなたがいないと、私は〝いる〟ことなんかできないっ」

那美は絶叫した。

「戻れ、この幽体、本体もちゃんと受け入れなさい。誰の体だと思ってるのっ」

その時だった。

ふっと、体が重くなる。

那美は重力に負け、床へと落ちた。鈍い痛みとともに、元の体に入れたことを実感する。

（は、入れた……）

なら、あとはすることは一つだ。

那美は久しぶりに動かす腕に力を込めた。神経を集中させ、床に這いつくばったまま、枕元にある点滴台を摑む。

「き、吉川君を放しなさい、この下種《げす》男っ」

叫ぶなり、腕から点滴の針やチューブが抜けることも構わず、点滴台をふる。思い切り、後藤の後頭部を殴りつける。

「ぐっ」

思わぬ攻撃に、後藤が吉川君の首を絞める手を緩めた。

「お、お前……」

呻きながら那美のほうを向き、摑みかかってこようとしたところで、警備員たちが到着した。後藤を取り押さえる。

「なんかわからんが、現行犯だ。病院で暴れるなんてとんでもない奴だ」

「警察もすぐに来る。引き渡してやるっ」

警備員たちが二人がかりで後藤の腕をひねり上げ、床に押さえつける。

那美は安心のあまり、そのまま床にずるずると崩れ落ちた。冷たいリノリウムのタイルに顔をつけて寝転がる。もう起き上がる力も体勢を変える力もない。

無理やり点滴チューブを引き抜いた腕から血が流れているが、それを押さえることもできず、ただ、せわしなく息だけをつく。何しろひと月以上寝たきりだったのだ。筋力が落ちている。

「あ、は、ひと月寝てただけで、体ってこんなに重くなるんだ」

喉もガラガラだ。声が別人のようにかすれている。

吉川君がせき込みながらも起き上がった。彼もさっきの今で立ち上がるだけの力がないのだろう。這うように那美の前ににじりよって、頬に手を添える。

「……温かい」

「う、ん、生きてる、から……」

「普通にさわれるんですね。霊力を込めなくても」

うん、もう生身の元の体に戻ったから。

そう言いたかった。が、目覚めてすぐの運動は寝たきりだった体には思った以上にきつかったようだ。那美は吉川君に、無事でよかった、と笑いかけると、また意識を失った。

そして。

一昼夜眠って、再び目覚めた時、那美は。

「え？　私、そんなに長い間眠っていたんですか？　それに、そんな事件に巻き込まれてたなんて。……助かってよかったです。あの、皆様、ありがとうございました。いろいろご迷惑をおかけしてすみませんでした」

幽体だった時の記憶を、すべてなくしていたのだった――。

「ふう、やっと戻ってこれたー」

那美は久しぶりに帰りついた我が家に、歓声をあげた。

思い切り伸びをして深呼吸する。

ベランダのガラスが割られて段ボールで応急処置されていたり、警察が立ち入って調べたせいか、犯人が荒らしたからか、少しどころでなく部屋が乱れているが、今までずっと入院していたのだ。

（しかも犯罪に巻き込まれたからって、ずっと警察官の見張り付きだったから）

あれは安心感があったが緊張した。何しろ薄い扉を一枚隔てた外にずっと人がいるのだ。

病院内で殺人犯に襲われてしまった患者さんということで、看護師さんたちも同情してしょっちゅう様子を見に来てくれるし、おちおち昼寝もできなかった。久しぶりのプライベート空間に心がなごむ。

あれから。

会社に出入りしていた後藤さん、いや、後藤が、那美の殺害未遂という罪を犯して警察に逮捕されてから、いろいろ聞かされた。

事件のあった日曜日の午後。後藤は恋愛関係にあった操さんという女性と、彼女の別居中の夫のことを巡って口論となり、もみ合ううちに彼女を転落死させてしまったらしい。

真っ青になって落ちた彼女をベランダから見下ろしていると、向かいの駅のホームからスマホを向けている那美に気づいたそうだ。

その時の那美は休日で、自宅改造に使う飾りタイルを見に大阪まで出かけた帰りだった。警察の事情聴取で後藤がポケットに入れていた那美のスマホから画像が出てきたと聞かされて、「そういえばあの日あの駅にいました」と思い出した。

後藤と操さんの仲は彼女が夫と離婚調停でもめていたこともあって誰にも秘密だったそうだ。操さんの転落事件が起きたのはお昼すぎ。人の少ない時間帯だった。なので後藤は操さんの落下はマンションの他住人にも気づかれていない、このままそっと帰れば彼女を殺したことはばれない、と思ったらしい。が、後藤の心の天秤が負のほうに傾いた時、向かいの駅のホームに、スマホを構えた顔見知り、那美がいることに気づいたそうだ。

見られた、と思ったらしい。しかも画像を撮られたと。

殺すしかない、そう思ったそうだ。

「如月那美さんとは面識があるといっても仕事で月に一度顔を合わせる程度で、何の利害関係もない。殺しても犯人が俺とはばれないと思った」

後藤はそう告白したそうだ。

人を一人殺すのも二人も一緒。警察はまず怨恨《えんこん》などの人間関係を調べる。通り魔的な犯行は検挙率が下がると聞く。そもそも事故に見せかければ捕まることもないのでは。

そう考えて、那美の会社の最寄り駅で待ち構えて、事故に見せかけて階段から突き落とし、スマホを回収するついでに口も封じようとしたらしい。

那美の通勤方法は仕事中の雑談で聞いたことがあったからだ。

階段から転がり落ちた那美を介抱するふりをして駆け寄り、スマホを回収しようとしたが、ロータリーにいた同僚たちに先を越され、しかも那美は死なずに救急車で運ばれてしまった。

なんとか口封じを完遂しようと、市内の救急病院を捜し回った。

ようやく見つけたので殺そうとしたが機械が誤作動を起こして失敗した。なら、先にスマホのほうを処分しようと、那美のマンションに忍び込んだらしい。

マンションの場所は、これまた那美との雑談で、「マンションを買った」と聞いたことがあったので、会社のほうへ定期点検に行った時に、立ち会った那美の同僚にそれとなく場所や特徴を聞き出したそうだ。さすがに個人情報なので同僚たちもはっきりマンション名までは教えてくれなかったが、それらしい物を片っ端から当たり、郵便受けに那美の名前を見つけたのがあの日だったらしい。

と、いうことで。事件のあらましはわかったが。

眠りから覚めた那美の周辺には、よくわからないことがまだ残っている。

偶然、他の人のお見舞いに来て病室の前を通りかかり、那美を救ってくれたというけっこうイケメンの眼鏡僧侶のこともだが、

「もう、覚えてらっしゃらないんですね。私のことも」

と、看護師の橘さんという人に涙ぐんだ目で見られて困った。寝ている間にいったい何があったのだろう。

他の看護師さんたちに聞くと、彼女は人一倍、那美の回復に熱心で、眠っている那美に朝夕、時間を作っては話しかけてくれていたそうだ。

（落ち着いたら、改めてお礼に行こう）

まったく覚えていないが、赤の他人にそこまでしてくれたとは、橘さんはいい人だ。

（それにあのお坊さんも。たまたま通りかかっただけなのに、命がけで助けようとしてくれたなんて、いい人すぎ）

そちらにもお礼を言いに行かなくてはならない。ずっと眠っていてまったく気づいていなかったのがもったいないが、あの病院の人は皆いい人ばかりだ。

橘さんへの手土産は菓子折りでいいとして、男性でもお菓子を贈っていいものか。お坊さんなら和菓子がいいか、とか考えながら、久しぶりの自分の部屋を片付けようとして、ふと、那美は動きを止めた。

部屋に、違和感がある。

(どうして？　長い間入院してたから感覚がおかしくなってるのかな)

まだ途中だが、自分好みに徹底的にＤＩＹしていた部屋だ。テーブルの高さも寝台の位置も自分の体に合わせて配置した。素晴らしくしっくりきていたはずだ。

なのに落ち着かない。間取りというか、高さというか。何かが違う気がして、ベッドまでの歩幅を間違えてがくんとなったり、サイドテーブルに足をぶつけたりする。

お茶を淹れた時も、なぜか正座がしたくなった。広いマンションに引っ越したから、カフェ風のスツールを買って愛用していたのに。

それに。

「……私、どうして枕元に懐中電灯なんか持ってきたの？」

無意識につけて寝ようとしていた。災害に備えようとでも思っていたのか。

我ながら謎行動が多すぎる。病院で寝過ぎてぼけたのだろうか。

那美は自分のことながら、首を傾げた。


そんな物足りないような、おさまりの悪い日々が続いた、ある日。

那美はお世話になった病院を訪問することにした。

怪我はたいしたことはなかったが、そのあと意識不明の状態が長く続いたので、念のため、健診を受けるようにと医師に言われていたのだ。

ついでと言っては何だが、例の那美のために泣いてくれた橘さんたち看護師さんに差し入れの菓子折り持参で、お礼に行くことにする。

「あら、如月さんじゃないですか、退院したんじゃ」

「定期健診で来たんです。で、皆さんに改めてお礼をと思って」

入院していた三階のスタッフステーションを訪れ、持参の和菓子セットを差し出す。

そのまま受付カウンター脇の出入り口のところで雑談をしていると、なんとなく、スタッフステーションの中が見えた。

小児病棟の入院患者が折ったのか、鯉のぼりの折り紙が受付カウンターの内側に貼ってあって、そういえば三月は桜、四月はチューリップの折り紙だったな、と季節の移り変わりを感じて微笑ましくなった、その時だった。

――ガチャン。

大きな音が廊下の向こう側からした。

「何？」

即、動いた看護師さんと一緒に廊下に戻って目をやると、非常階段の前にカートが倒れていた。そして、目を丸くしている那美の横を小さな女の子がパタパタと駆け去っていく。

一瞬、こちらを見上げた女の子の顔には寂しそうな表情が浮かんでいて。

（え？）

何かが脳裏をよぎる。那美が混乱していると、倒れたカートに駆け寄りながら看護師たちが話している声が聞こえた。

「やだ、どうしてまたカートが」

「まさかあのお化け犬が復活したとかじゃないよね」

その時だった。

那美の脳裏で、ある光景がはじけた。

薄闇に沈んだ夜の病院、倒れたカート、巨大化するお化け犬……。

「私……」

那美ははっとした。次々と、忘れていた光景が脳裏に蘇る。

談話室で井戸端会議をしているおばちゃま霊たち、バフバフ言いながら那美にとびかかってくる犬霊たち。照れた笑みを見せる沼田さん。それに、

「吉川、君……？」

思い出した。すべてを。

那美はいそいで病院内を人のいない場所へと走った。そして呼ぶ。

「ヨータ、いるの？」

返事はない。

「児玉さん、タカ君……？」

ほかの人たちの名も呼んでみる。懸命に目を凝らす。耳を澄ます。

だが何も見えない。聞こえない。

（あの人たちと一緒に過ごしたのは眠っていた間の夢？　違う、私はちゃんとここにいた。幽体として！）

だって自分はずっと眠っていた。病室の中にいて、外をうろついていない。なのにどうして三月のスタッフステーションに小児科からのおすそ分けの桜の花をかたどった折り紙が飾ってあったことを知っている？

（それは行く場所がなくて、毎晩、棚の上にうずくまってたから）

暇だから、スタッフステーションの中を細部まで脳内で再現できるまでに眺めた。

（忘れてたけど、思い出した……！）

普通の入院患者ならそんなことしない。手術室がどうなっているか、院長室がどこにあるかなど知らない。

だけど。

「……どうしよう。見えないの」

つぶやく。

きっとここには心配げな顔をした児玉さんがいるだろう。暇な彼らが久しぶりにやってきた那美を見過ごすとは思えない。

なのにもう那美には幽霊は視えない。声も聞こえない。

元に戻っただけだ。もともと那美は視える人ではなかったのだから。

だが那美の肩は情けないほどにふるえていた――。

◇◆◇　◇◆◇　◇◆◇

「ただいま帰りました」

その日、自宅アパートに帰宅した孝信は、扉を開けるなり誰にともなくそう言った。

一人暮らしの部屋は無駄に静かだ。

修行もかねてなるべく壁の薄い、周囲の音がうるさい雑念の多くなりそうな部屋を選んだ。それが今では、気になっていた隣室からの生活音も聞こえるのに気にならなくなっている。これでは集中しやすくて、わざわざここを選んだ理由がない。

静けさが気になる理由はわかっている。〝彼女〟がいなくなると、とたんに児玉さんたち押しかけ病院霊も来なくなったからだ。

「……勝手なものですね。幽体は」

必要な時は押しかけてくるくせに、彼女がいないと誰も来ない。いかに自分に人望がないかわかる……と考えかけて、そんなふうに感じる自分に違和感を抱いた。

(幽霊たちに関わるのは、避けていたはずなのに)

自分は何を未練たらしく考えているのか。

馬鹿馬鹿しい。雑念を払わねば、と、帰宅早々に自室で座禅を組んだ時だった。騒がしい声が外から聞こえた。

「お部屋、一階でよろしいですかー」

「お荷物、運ばせていただきますね」

引っ越し業者だ。長らく空き室だった一階の北端の部屋に、誰かが入るらしい。

騒がしい。が、集中できないほどの雑音でもない。瞑想を続けていると、呼び鈴が鳴った。

「こんばんは、すみません、一階の者です。引っ越しの挨拶に来ました」

どこか聞き覚えのある声に、孝信はびくりと肩を揺らした。おそるおそる座禅をとき、扉を開ける。

そこにいたのは、幽体ではない那美さんだった。

見間違えるわけがない。たったひと月だが、さんざんつきまとわれて共に暮らしたのだ。

だが、彼女はもう幽体だった時の記憶はないはずで。

「どうして……」

息をのむ孝信に、彼女がなぜか胸を張って言う。

「記憶が戻ったの。それに実は私の趣味って内装改造ＤＩＹだったから」

はい？　いきなり言われて戸惑う。

「で、前に住んでたマンションも改造してたの。元の体に戻ってから頑張って超特急で仕上げたら、すごく気に入って、強盗が入ったことのある部屋でもいい、ぜひ譲ってほしいって人が現れて」

知ってる？　アメリカじゃあ、自宅を購入して住みながら改築しては不動産価値を上げて、それを売って、また違う家に引っ越すって人たちがいるの、と彼女は言った。

「終の棲家にするつもりで買ったマンションだったけど、よく考えたら私、まだたった三十一歳なのよね。元気に動ける人生だいたい八十年くらいとしたら、半分もいってない。それでもう終の棲家とか考えるの、早すぎる気がして」

で、こっちの大家さんに企画出したの。と彼女がドヤ顔をする。

「吉川君、このアパートのこと、大家さんが持て余してるみたいなこと言ってたでしょ？　だからもったいないって訴えたの。入居者がいなくて放置するくらいなら、私に好きに改装させてくれないかって。もしかしたら若い子の入居者がでるかもって提案したの」

このアパートは古いが大家さんが初めて建てたものらしく、思い入れもあって、新しい物に建て替えることに抵抗があったのだそうだ。

「で、快く、改造を承知してくれたの。新しい入居者が出た場合には、改装費は経費ってことで実費を払ってくれるって。もうけは無しだから、バイトには当たらないって会社の上司にも許可をもらえたし」

だから？　何が言いたいのだ、この人は。

「私、ここに住むから」

言い切った。

「あっちのマンションはもう売っちゃったから追い出そうとしても無駄だからね。ここに住みながら休日は部屋を改造したり、沼田さんや犬たちに会いにお寺まで行くの」

吉川君が一緒なら、視えなくても通訳してくれるよね、と確信犯なことを言う。

「ま、待ってください、犬たちや沼田さんに会いたい、そういう理由なら、別にここに住まなくても、どこか別の部屋を借りて通いでもいいじゃないですか。霊園のほうで僕と合流すれば」

「それも考えたけど、気を抜くとまた魂が体から抜け出ちゃいそうで不安なの。その点、僧侶のあなたがそばにいると安心でしょ」

彼女は言って、孝信を見上げた。

「もしまた私が体を抜け出て、迷子になったら。捜してくれるんだよね？」

◇◆◇　◇◆◇　◇◆◇

那美は言った。それから、じっと吉川君の目を見つめる。

最初は不愉快そうに逸らして、逸らして、逸らしまくっていた幽体嫌いの彼の目だ。それが今はしっかりと那美を見ている。

「寝てる時とか、ふと意識が飛んだ時とか。また幽体離脱しちゃいそうで落ち着かないの。一人暮らしだと怖くて。もし幽体が出ちゃって、発見が遅れたりしたら本体が困ったことになるでしょ？」

何か言って。そう願いつつ、言葉を続ける。だが彼は黙って那美を凝視したままだ。でも彼は那美の言葉を止めない。そのことに勇気を得て、続きを話す。

「幽体姿で吉川君に助けてって言いに来てもいいけど、あのマンションに住んでるままだと、病院に来てくれた時みたいに、弟です、とか管理人さんをごまかして部屋に入ってもらうのは無理だし。だから、同じアパートなら便利だと思って」

もちろんこれは口実だ。自分でもわかっている。吉川君だって気づいているだろう。だがもう幽体ではなくなった那美に彼のそばに居座る理由はない。こじつけでも幽体だったときのことを前面に押し出すしかないのだ。

だって、心が落ち着かない。

本体に戻った以上、過去のことは過去のこととして、元の人生を生きるべきだろう。だけど急には前の暮らしに戻れない。

死者のように完全にあの世に渡るまでに四十九日間という猶予が欲しいとは言わない。だけど生きている人間だって環境が変われば、心を落ち着ける期間が必要だと思うのだ。

「それに児玉さんたちにも何も言わないまま退院しちゃったし。お礼を通訳してほしいから、どうせまたここを訪ねてこないといけなかったし、私、家の場所は知っててもあなたの通話番号、よく考えたら知らなかったから」

それで、また拒絶されたら困るから挨拶より先に押しかけてきました、と一気に言う。

彼は無言だ。

黙ったまま、那美を見ている。

（やっぱり、重かった？）

彼は僧職として、迷える霊魂だった那美を気にかけてくれていただけだ。

幽体だったから頼ることを許された。なのにあれだけ迷惑をかけた女が実体に戻ってまで押しかけてきたら、那美だって引く。

（それがわかってたから、〝ご近所さん〟って新しい縁を作れたらと思ったんだけど。それで、重くない程度に近所で入居可な物件がないか探したけど、ほどよい広さで空いているのが、ここしかなかったから）

そこらのところも話したかったが、言い訳じみて見苦しい。那美の中にまだ残っている人間関係が苦手な部分が顔を出す。

生身の本体に戻った分、那美はまた少し臆病になっている。それ以上、話せない。

だが。

息を詰めて見つめていると、ふわり、と、吉川君が微笑んだ。

「……まあ、合理的な判断ですね」

思わず見とれる。

それくらい、彼が見せてくれた微笑みは温かくて、優しいものだったのだ。

だが、それも一瞬だ。

次の瞬間にはツンが復活する。ぷい、と顔を背けて彼は言った。

「アパートの部屋に空きがあるなら、僕にあなたの入居は止められません。ここの持ち主は大家さんですし」

ただ、彼も少しだけ丸くなったようだ。

こう付け加えてくれた。

「まあ、あなたがまた幽体離脱した場合、いちいちマンションまで呼びつけられるのも迷惑ですから。ここに住むことは歓迎しましょう。またあなたの魂が抜けだしたら、ご近所のよしみです。一一九番に電話の一本くらい入れてあげますよ」

それはつまり那美を受け入れてくれるということで。

(それならそうと、お帰りなさい、くらい言ってくれてもいいのに)

相変わらず素直じゃない。

だけど、吉川君らしい。

ほっとして、那美は引っ越しそば代わりの季節外れの桜餅を手に、彼の部屋にお邪魔する。

中に入ると、押し入れの前には、プラスチックケースの壁が築かれたままだった。そのことが嬉しくて広げられたちゃぶ台の前にいそいそと座り込む。

彼が清らかな所作でいつものようにお茶を淹れるのを見る。

明日は引っ越し作業の残りがあるから有給休暇をとっている。動物霊園まで行けばきっと彼が沼田さんや犬霊たちと引き合わせてくれるだろう。

那美はゆったりした笑みを浮かべると、漂う茶の香を吸い込んだ。
那美のお腹には、もう本体と幽体の間をつなぐ細い魂の緒はない。
だけど。

二人をつなぐ縁という名の絆の緒は、まだ切れていない――。

この物語はフィクションです。
実在の人物、団体等とは一切関係がありません。
本作は、書き下ろしです。

藍川竜樹先生へのファンレターの宛先

〒101-0003　東京都千代田区一ツ橋2-6-3　一ツ橋ビル2F
マイナビ出版　ファン文庫編集部
「藍川竜樹先生」係

ファン文庫

どうぶつ寺のもふもふ事件簿

2023年12月20日　初版第1刷発行

著　者　　藍川竜樹
発行者　　角竹輝紀
編集　　山田香織（株式会社マイナビ出版）、須川奈津江
発行所　　株式会社マイナビ出版
〒101-0003　東京都千代田区一ツ橋2丁目6番3号　一ツ橋ビル2F
TEL 0480-38-6872（注文専用ダイヤル）
TEL 03-3556-2731（販売部）
TEL 03-3556-2735（編集部）
URL https://book.mynavi.jp/

イラスト　　くにみつ
装　幀　　佐藤菜七星＋ベイブリッジ・スタジオ
フォーマット　　ベイブリッジ・スタジオ
ＤＴＰ　　富宗治
校　正　　株式会社鷗来堂
印刷・製本　　中央精版印刷株式会社

 ISBN978-4-8399-8456-4
Printed in Japan